LIBRE

PATRICK NESS

Libre

Traducción de **Luis Murillo Fort**

NUBE **DE TINTA**

Libre

Título original: *Release*

Primera edición en España: noviembre de 2017
Primera edición en México: noviembre de 2017

D. R. © 2017, Patrick Ness

D. R. © 2017, de la presente edición en castellano:
Penguin Random House Grupo Editorial, S. A. U.
Travessera de Gràcia, 47-49, 08021, Barcelona

D. R. © 2017, derechos de edición mundiales en lengua castellana:
Penguin Random House Grupo Editorial, S. A. de C. V.
Blvd. Miguel de Cervantes Saavedra, núm. 301, 1er piso,
colonia Granada, delegación Miguel Hidalgo, C. P. 11520,
Ciudad de México

www.megustaleer.com.mx

D. R. © 2017, Luis Murillo Fort, por la traducción

ISBN: 978-607-31-5943-2

Impreso en México – *Printed in Mexico*

El papel utilizado para la impresión de este libro ha sido fabricado a partir de madera procedente
de bosques y plantaciones gestionadas con los más altos estándares ambientales, garantizando
una explotación de los recursos sostenible con el medio ambiente y beneficiosa para las personas.

Penguin
Random House
Grupo Editorial

Y además (lo había sentido esa misma maña-
na), estaba el terror; la abrumadora incapaci-
dad de vivir hasta el final esta vida que los
padres depositan en nuestras manos, de reco-
rrerla con serenidad; en lo más hondo de su
corazón había un miedo espantoso.

VIRGINIA WOOLF,
La señora Dalloway

Este dolor
es un glaciar que te recorre,
que va abriendo valles
y creando paisajes espectaculares.

JOHN GRANT,
Glaciar

1

EL YUGO

Tendría que ser Adam quien fuera por las flores.

Su madre dijo que estaba demasiado ocupada y que las necesitaba para esa misma mañana, por no decir para ya mismo, si es que quería evitar que el día fuera un completo desastre; y luego, que Adam acudiera a la pequeña reunión de esa noche con sus amigos podía o no depender de su disposición para —o éxito en— ir por las flores y hacerlo sin protestar.

Adam alegó —y bastante bien, a su juicio, sin enojarse demasiado— que quien había pisado las flores anteriores era su hermano mayor, Marty; que él, Adam, también tenía mucho que hacer aquel día; y que los nuevos crisantemos para el camino principal no eran una prioridad lógica a la hora de asistir a una reunión para la cual había tenido que trabajar hasta el cansancio (nada, jamás, era gratis con sus padres), partiendo toda la leña para el invierno cuando todavía estaban en agosto. Su madre, sin embargo, fiel a su estilo, lo había convertido en un decreto: o iba por las flores, o esa noche no salía, y menos aún estando tan reciente la muerte de aquella chica.

«Tú eliges», dijo su madre, sin mirarlo siquiera.

Es el Yugo y nada más, pensó Adam mientras se sentaba al volante de su coche. Y el Yugo no siempre está. Pese a ello, tuvo que respirar hondo varias veces antes de arrancar.

Al menos era temprano. Quedaba por delante todo un sábado de finales de verano, horas que llenar, horas que él ya había llenado con un programa de cosas (era de a los que les gustan programar): tenía que ir a correr un poco; tenía que ir a hacer inventario al Evil International Mega-Conglomerate, y eso le llevaría varias horas; tenía que ayudar a su padre en la iglesia; tenía que pasar por donde trabajaba Angela para asegurarse de que reservara unas pizzas para la fiesta…

«Hola». El celular vibraba en su regazo.

Adam sonrió levemente. Sí, eso también tocaba hoy.

«Hola», tecleó. «¿Quieres comprar flores?»

«¿Estás hablándome en clave?»

Sonrió otra vez y se echó de reversa para salir a la calle. Bien, fuera la rabia, porque ¡un grandioso día me espera! ¡Diversión asegurada! ¡Risas en cantidad! ¡Copas y comida y amigos y sexo! ¡Y qué puñalada al corazón, porque era una fiesta de despedida! Alguien se marchaba. Adam no estaba seguro de querer que ese alguien se fuera.

Vaya día…

«¿A qué hora pasarás?», preguntó su teléfono.

«¿Qué tal a las 2?», tecleó él aprovechando un alto.

La respuesta fue un emoji con el pulgar alzado.

Adam dejó atrás su arbolado vecindario para incorporarse a la arbolada carretera que iba a la ciudad. De hecho, todo cuanto había en unos ochenta kilómetros a la redonda era «arbolado»; ésa era la apabullante característica de la localidad de

Frome, por no decir la apabullante característica del estado de Washington. Era un hecho probado que, de tanto ver el mismo panorama, el panorama se volvía invisible.

Adam pensó en las dos de la tarde. Para entonces le esperaba una buena dosis de felicidad. De felicidad secreta.

Sí, pero esa punzada en el estómago…

Eh, basta. No, le hacía mucha ilusión. Con seguridad. Sí, señor. De hecho, ahora que lo pensaba…

De hecho, sí, justo eso.

Otro alto. «La sangre está fluyendo hacia ciertos lugares», tecleó en el celular. «Haciendo crecer ciertas cosas.»

Respuesta: dos emojis con el pulgar alzado.

Observemos a Adam Thorn, ahora que se incorpora a la otra carretera —arbolada, cómo no—, la que lleva al vivero de plantas, esa que incluso siendo sábado y temprano ya va bastante cargada. Adam Thorn, nacido hace casi dieciocho años en el hospital que está a unos quince kilómetros siguiendo esa misma carretera. Lo más lejos que ha estado de aquí fue cuando hicieron la aburrida excursión familiar al monte Rushmore. Ni siquiera pudo ir en viaje misionero a Uruguay con su padre, su madre y Marty cuando él, Adam, estaba en sexto grado. Al regreso, su padre se inventó que aquello había sido una pesadilla de barro y de nativos reacios a la evangelización, pero Adam —a quien habían condenado por ser demasiado pequeño, a tres semanas de cenas a las 4:30 de la tarde con el abuelo John y la abuela Pat— no pudo evitar intuir que le estaban tomando el pelo.

Doce meses más, pensó, y adiós Yugo. El último grado de preparatoria empezaba dentro de una semana.

Y después: el cielo.

Y es que Adam Thorn quiere largarse. Adam Thorn ansía tanto irse que hasta le duele la panza y siente una especie de vértigo. A Adam Thorn le gustaría despedirse en compañía de la persona que se va a despedir cuando acabe la fiesta de despedida.

Bueno, ya se verá.

Adam Thorn. Rubio claro, alto, corpulento de una manera que podría ser atractiva, pero que sólo ahora empieza a encajar en la gravedad. Con calificaciones excelentes, está peleando por elegir universidad; mejor dicho, por entrar en una universidad, la que sea, pues los problemas económicos que se supone que van quedando atrás no van quedando atrás, lo que vuelve aún más insensata la compra de crisantemos, pues «la casa de un predicador debe tener cierto aspecto», pero él se fijó una meta: largarse de Frome (Washington) lo antes posible.

Adam Thorn, guardián de secretos.

En el momento en que entraba en el vivero, le sonó el teléfono.

—Hoy todo el mundo se levantó temprano —contestó mientras se estacionaba.

—¿Cuántas veces tengo que decirte que yo no soy todo el mundo? —refunfuñó Angela.

—Todo el mundo es todo el mundo. Si se dice así, es por algo.

—Si se dice así es porque ellos se pasan el tiempo haciendo cosas estúpidas mientras nosotros (que no somos todo el mundo) nos reímos de ellos y así nos sentimos superiores.

—¿Por qué estás levantada?

—Las gallinas. Por qué va a ser.

—Claro. Las gallinas son la causa de todo; cualquier día mandarán ellas.

—Ya mandan. ¿Y tú por qué estás levantado?

—Hay que sustituir unas flores del jardín de la penitencia de mi santa madre.

—Vas a necesitar terapia, Adam.

—Mis padres no creen en eso. Si no se arregla rezando, entonces no se trata de un verdadero problema.

—Me sorprende que tus padres te dejen salir esta noche. Sobre todo con lo de Katherine van Leuwen.

Katherine van Leuwen era la chica a la que habían asesinado, aunque pareciera imposible con un nombre tan contundente. Iba un año por delante de Adam, en la misma preparatoria, pero él no había llegado a conocerla. Y sí, *ok*, de acuerdo, la habían asesinado en el mismo lago donde iban a hacer la reunión (si Adam hubiera empleado la palabra «fiesta» al hablar con sus padres, la conversación no habría pasado de allí), pero al asesino, el novio de la chica, que era mucho mayor, lo habían detenido, había confesado el crimen y estaba esperando sentencia. Katherine siempre andaba con los yonquis, y la sangre de su novio llevaba metanfetamina en cantidad cuando la mató en pleno delirio sobre unas cabras —nada menos—, según declaró después un testigo que también se había metido lo mismo. Angela, la mejor amiga de Adam, se ponía como una fiera a la menor insinuación de que Katherine se lo había buscado.

«¡No tienes idea! —le gritaba casi a cualquiera—. No tienes idea de qué vida llevaba, tú no sabes lo que es la adicción. No tienes idea de lo que les pasa a los otros por la cabeza.»

Lo cual era verdad, y menos mal, sobre todo en el caso de los padres de Adam.

—Creen que es una, comillas, reunión con tres o cuatro amigos míos para despedirnos de Enzo —dijo Adam.

—La frase se atiene a los hechos, sí.

—Y al mismo tiempo omite unos cuantos...

—También es verdad. ¿Para cuándo las pizzas? Porque pizzas.

—Tengo un pendiente, después trabajo, luego quedé a las dos con Linus y debo ayudar a mi padre a preparar la iglesia para mañana.

—Conque acostón con Linus y después iglesia con papá, ¿eh? Qué pervertido.

—Yo había pensado a las siete. Desde allí podemos ir directo a la fiesta.

—Reunión.

—Reunirse, se reunirá más de uno, sí.

—Ok, a las siete. Necesito hablar contigo.

—¿De qué?

—De cosas. Tú, tranquilo. Y ahora, las gallinas. ¿Por qué? Porque sí.

La familia de Angela tenía una granja. Angela juraba que a ella la habían adoptado en Corea porque les salía más barato que contratar a un peón para los animales. Cosa que no era cierta, y lo sabía; los señores Darlington eran asquerosamente decentes, siempre trataban bien a Adam y le ofrecían un sitio seguro donde refugiarse de aquellos padres que tenía, aunque ellos eran demasiado buenas personas para decir algo así en voz alta.

—¿Cuándo me dejarás en paz, Adam? —preguntó Angela, recurriendo a la frase con que solían despedirse.

—Nunca. Mientras exista el mundo.

—Bueno, pues ni modo —Angela colgó.

Él bajó del coche. Hacía sol. Eran poco más de las ocho y el estacionamiento estaba casi lleno. Se detuvo un momento bajo el cielo, que por una vez no cubrían los árboles: cielo abierto. Cerró los ojos y notó el sol en los párpados.

Respiró hondo.

Lo del Yugo ni siquiera se lo había inventado él. Era una cosa bíblica. De su padre. Big Brian Thorn. Ex jugador profesional de futbol americano —tres temporadas en los Halcones Marinos como ala cerrada antes de tener una operación en el hombro— y desde hacía años predicador en jefe de La Casa en la Roca, la segunda iglesia evangelista de Frome. «Mientras continúes viviendo bajo mi techo», le había sentenciado su padre casi nariz contra nariz, «estás bajo mi Yugo». Aquella vez le decomisaron el coche un mes entero. Por llegar diez minutos más tarde del toque de queda.

Respiró hondo de nuevo y entró a comprar los crisantemos.

JD McLaren era el encargado de la sección de flores. Habían estudiado juntos literatura universal y química.

—Hola, Adam —saludó JD, con su habitual simpatía de obeso.

—Qué hay, JD —dijo Adam—. Ni siquiera sabía que abrían tan temprano.

—Se dieron cuenta de que a las cinco de la mañana siempre había una larga cola de coches en el Starbucks y pensaron que estaban perdiendo una oportunidad de hacer negocio.

—No están equivocados. Necesito crisantemos.

—¿Bulbos? Ahora es mala época para plantarlos.

—No, las flores. Mi hermano se cargó las que había junto al camino principal de la casa. A mi madre le dio un ataque.

—¡Dios mío!

—No, no un ataque de verdad, hombre.

—Ah. Menos mal.

—Pero tengo que llevárselas o no me dejarán salir.

—¿Te refieres a lo de esta noche?

—Sí. ¿Tú vas?

—Claro. Me dijeron que habrá cerveza de barril, porque los padres de Enzo son europeos y no les importa que bebamos.

—Angela y yo llevaremos pizzas de su trabajo.

—Qué mejor. ¿Los crisantemos deben ser de un color en especial?

—Es probable, pero como mi madre no especificó, si no son los que quiere podré culparla a ella.

—Te buscaré los más chillones.

—Ok. Y quizá…

JD se detuvo. Adam no se atrevió a mirarlo.

—¿Quizá que no sean los más caros…? —dijo.

—No te preocupes, Adam —repuso JD, muy serio, y fue hacia el enorme recinto lleno de *pallets* con flores. Todas tenían su tierra para plantarlas directamente en el jardín, pero el centro disponía también de una cámara frigorífica con flores cortadas, para ramos.

Adam se encaminó hacia ahí mientras tarareaba distraídamente una canción, pensando en las cosas que tenía que hacer.

Había una rosa roja, solitaria, en su pequeña cubeta de plástico. Alargó el brazo, aunque su consciencia no registró el movimiento hasta que tuvo la rosa en las manos. Una rosa roja. ¿Y si la compraba? ¿Estaría bien? ¿Lo hacían, los chicos? Si era para regalar a una chica, sí, claro, pero era para...

No tenía normas a este respecto. En general era una ventaja, porque significaba que no había que obedecer ninguna, ni siquiera con Linus, pero algunas veces le habría sido útil contar con una guía, con precedentes bien establecidos. ¿Podía comprar él una rosa? ¿Y regalarla? ¿Cómo se lo tomaría Linus? ¿El resto del mundo sabía la respuesta excepto él, Adam?

Suponiendo que se la regalara a Linus, claro.

Aplicó el pulpejo del pulgar derecho a una de las espinas de la rosa (éste, junto con «corona de», era uno de los dos dizque chistes que la gente hacía a expensas de su apellido,[1] sin provocar más risas que las del propio chistoso) y apretó despacio pero con firmeza. La espina le atravesó la piel y, en la prontitud de la gota de sangre que brotaba, Adam vio...

---

1. Por si el lector no lo ha adivinado ya, *thorn* significa «espina». (N. del T.)

…todo un mundo, fugaz como un jadeo, de árboles y verdor, de agua y montes, de una figura que lo seguía en la oscuridad, de erro-res cometidos, de pérdida, de pesar…

Adam parpadeó, llevándose a los labios el pulgar ensangrentado. Se había esfumado. Como un sueño. Como vapor. Dejando atrás tan sólo una sensación de desasosiego y el sabor acre de la sangre en la lengua.

Cuando volvió JD, Adam compró la rosa. Sólo costaba dos dolarucos.

De repente la despierta el olor a sangre, a rosas, como si una espina se hubiera clavado en su corazón. Está empapada. ¿Acaso caminó desde la orilla? ¿Acaso acaba de salir del agua?

No lo sabe. Hubo nervios, hubo prisas, hubo liberación...

Y luego un piquete también, como de esa espina clavada, y una gota de sangre con forma de perla...

Se incorpora y el agua le chorrea igual que si acabara de atravesar una cascada, pero la playa está seca, como todas las playas, y el barro bajo sus pies es húmedo pero firme. Pasa la mano por encima como si estuviera hechizada, y tal vez lo esté. Es áspero al tacto. Pellizca un poco con las yemas del pulgar y el índice, se lo lleva a la nariz, y aspira. Aroma intenso, a materia vegetal, como huele la tierra, pero no el origen del olor a sangre.

Claro que, ¿por qué iba a serlo?, piensa de repente. Está rodeada de rosales silvestres; eso lo sabe, no sabe cómo, pero lo sabe. Está rodeada de espinas...

Y el rastro olfativo se va perdiendo, como una voz oída antes de despertar.

Se pone de pie, goteando todavía en el charco recién formado a sus pies. Este vestido es mío, piensa. Este vestido no es mío, piensa. *Una contradicción verdadera. Estampado floral, tela fina, de buen gusto, un vestido para una mujer joven, pero, o bien irónicamente retro, o bien sin duda de otra época.*

¿Yo uso vestidos?, piensa.

Sí. No.

El vestido tiene bolsillos, lo que en apariencia lo distinguiría como muy pasado de moda, pero están abombados, dilatados, pesan. Mete las manos para ver por qué y encuentra grandes ladrillos, lo bastante densos para hundirla.

Para ahogarla.

Los mira durante un siglo.

Deja caer los ladrillos. Tanto uno como otro rebotan una vez en el barro.

—La muerte no es el fin —dice en voz alta.

¿Cómo? ¿Qué? ¿Qué se supone que significa eso? Se lleva una mano a la boca como para impedir que hable otra vez, que se le escapen palabras.

Una canción. Es una canción. Nota en el diafragma cómo la canción se tararea sola, la melodía va brotando, una letra que ella conoce. Una canción para funerales, cementerios. O quizá compuesta para que lo parezca, hecha tal vez con la misma ironía que tejió el vestido que lleva.

El sol que se filtra entre los árboles le hace cerrar los ojos. Ve las venas y los capilares de detrás de sus párpados, rojos como el asesinato.

Respira hondo.

Y entonces vomita más agua de la que podría caber en su estómago. Es sólo agua, no bilis ni comida, agua transparente que brota de su boca como una catarata. El ímpetu es tal que se ve obligada a arrodillarse, hasta que el charco que tiene debajo se desborda y abre un canal en dirección al lago.

Ya no le queda agua dentro. Jadea, se sobrepone. Y cuando se vuelve a levantar, su pelo y su piel y su vestido están secos, sin rastro de humedad.

Respira hondo otra vez.

—Te encontraré —dice. Y, descalza, echa a andar.

Detrás de los rosales, el fauno la ve alejarse. Al cabo de un momento empieza a seguirla, preocupado.

2

CARRERA

Por regla general, a Adam le costaba un par de kilómetros, a veces más, relajarse corriendo. «Puede que la carrera de fondo no sea lo tuyo», le había dicho su entrenador de campo traviesa, primero con dulzura y después sin ella, para acabar rindiéndose al ver que Adam acudía siempre al entrenamiento y acababa todas las carreras. Nunca había ganado una —el equipo no había ganado una sola competencia— y la incomodidad que Adam sentía los diez primeros minutos tenía que ver sin duda con eso, pero…

Tan pronto como entraba en calor y la tensión desaparecía, tan pronto como empezaba a sudar bien y su respiración era rítmicamente intensa y todo rastro de rigidez y dolor de entrenamientos previos quedaba borrado por la adrenalina y las endorfinas, cuando todo eso pasaba, casi no existía otro lugar en el mundo donde deseara estar, ni siquiera en carreteras secundarias de trazo ondulante y sin líneas o, como ahora, en el sendero del viejo ferrocarril repleto de ciclistas veteranos o grupos de mamás que hacían caminata rápida en top de color pastel y que se rizaban el pelo ellas mismas.

Durante cuarenta y cinco minutos o una hora, incluso una hora y media, el mundo era suyo y él, su único habitante. Bienaventurada, maravillosa, casi sagrada soledad.

Lo cual era bueno, porque los crisantemos habían sido mal recibidos.

—¿Ese color de vómito lo elegiste adrede? —le preguntó su madre.

—No tenían otro.

—¿Ah, no? ¿Estás seguro? Porque mira que no me cuesta nada ir hasta el vivero y comprobarlo yo misma…

—Sólo tenían de ésos —dijo Adam, tratando de no alterar el tono.

Su madre, a regañadientes, cedió.

—Bueno, supongo que estamos muy al final de la temporada. Pero ¿no podías haber comprado otra flor?, ¿una que no tuviera ese aspecto de… de función corporal?

—Me pediste crisantemos. Si llego a traer otra cosa, me habrías mandado de vuelta al vivero y ambos habríamos perdido la mañana.

Además de malgastar en flores un dinero que no tenemos, cuando yo llevo el mismo abrigo desde hace tres años, pensó, pero se lo calló.

Un momento después, su madre había sacado el *pallet* sin siquiera darle las gracias. Al cabo de un rato, vestido para correr, cuando pasó esprintando para empezar su itinerario, ella estaba ya con los brazos hundidos en la tierra junto al camino delantero. Su madre le dijo algo, pero él llevaba los audífonos a mucho volumen y estaba prácticamente seguro de no haber oído nada.

Sus padres. No siempre habían estado tan furiosos/descon-fiados/asustados con él. Su infancia había sido feliz; se decía incluso que fue «una bendición» porque ellos casi habían re-nunciado a tener un segundo hijo tras cuatro años de intentos. Y como era común en estos casos, Adam nació ocho meses después.

«Mi nenito», lo llamaba su madre. Durante años. Demasiados. Hasta que dejó de ser un apelativo afectuoso y pasó a llevar implícita una pesada carga de autoridad. Como si estuvieran diciéndole: «Tú nunca serás como nosotros, por muchos años que cumplas». Y más cuando sus amiguitos de entonces eran todos niñas. Y más cuando nunca veía el Super Bowl, pero jamás se perdía los Óscares. Y más cuando empezó a parecer «un poco gay».

Así lo expresó ella delante de sus narices un domingo por la noche en una hamburguesería Wendy's, después del servicio religioso. «¿No crees que quizás es un poquito gay?», le había preguntado al padre de Adam, mientras el quinceañero Marty clavaba con rabia la mirada en su Frosty de chocolate y la cara de Adam —de doce años entonces— ardía con la fuerza de una quemadura solar causada a cachetadas.

Lo único que había hecho Adam era comentar que las cla-ses de danza a las que iba el hijo de su profe de sexto debían de ser muy divertidas.

«No», había respondido su padre, demasiado rápido, con demasiada firmeza. «Y haz el favor de no hablar así. Claro que no lo son.» A todo esto, sin dejar de mirar a Adam, para que le quedara claro que sólo lo creía a medias y que se trataba so-bre todo de una orden, y que la posibilidad de tomar cualquier tipo de clases de danza no existía en absoluto.

En los seis años siguientes, el tema no volvió a salir a colación ni una vez.

Aquí nadie era tonto. Desde luego, no Adam, que ya dominaba los trucos para hacer búsquedas en internet antes de que sus padres supiesen siquiera qué era eso del control parental. Y tanto su madre como su padre eran gente culta, no estaban ciegos en absoluto a cómo era el mundo moderno, a cómo había cambiado incluso durante la vida de Adam. Pero, en ocasiones, parecía que los cambios sólo ocurrían en ciudades lejanas, donde la pasaban muy bien, demasiado como para acercarse a estos extrarradios en los que la única ventaja de la cultura de sus padres era que sonreían y que preferían no hablar de sus certezas para no tener que desecharlas.

A fin de cuentas, su padre era pastor evangélico. Con un hijo como Adam. En esa casa todo el mundo iba a necesitar, tarde o temprano, negar tal o cual parcela de la realidad.

Así pues, nadie hablaba del tema, pero hubo restricciones en cuanto a la hora tope de volver a casa y para dormir fuera, restricciones de las que Marty se había salvado. Las hubo respecto a la amistad de Adam con Enzo y un poquito menos para su amistad con Linus, porque los padres apenas si sabían de su existencia. (Angela le había cubierto las espaldas tantas veces que Adam jamás iba a poder pagárselo.) Dos veces los domingos y una los miércoles tocaba iglesia, y los campamentos cristianos de verano eran cosa obligatoria también, aunque su hermano Marty estaba contentísimo de ir. Incluso cuando Adam se apuntó al club de teatro de la preparatoria, no encontró una sutil oposición hasta que les dijo que se apuntaría también al equipo de carrera campo traviesa.

Recorrió los seis primeros kilómetros casi al final del sendero del ferrocarril, desviándose para adelantar a cinco mamás que empujaban sendos cochecitos hombro con hombro. Por regla general, en este punto de la carrera ya no discutía mentalmente con nadie. O casi.

Angela adoraba a *sus* padres. Eran la clase de familia que se ríe durante la cena. No le ponían una hora tope para volver a casa desde los catorce años, porque confiaban en que no se metería en líos. Cuando perdió «toda» su virginidad, como le gustaba decir a Angela, la experiencia no fue lo que esperaba. De hecho, ella y su madre hablaron del asunto después (aunque no antes de que Adam y Angela hubieran hecho un análisis exhaustivo de la situación).

Adam imaginó la cara de su padre si él le hubiera contado lo de la primera penetración completa con Enzo. Un hombre entrado en años que montaba una bici que parecía de fabricación casera levantó la vista y sonrió al oír la carcajada de Adam cuando lo rebasó.

Bajó por el camino que discurría paralelo a un tramo del lago, no muy lejos de donde sería la fiesta de Enzo. Tenía pensado correr diez kilómetros como máximo, teniendo en cuenta el retraso de los crisantemos, pero sintió la necesidad de hacer un par más, de forzar un poquito la máquina. Había llegado a ese punto un tanto extraño que a veces se daba en una carrera, el instante en que era consciente de su juventud, de su fortaleza, de la inmortalidad provisional que a uno se le otorga en momentos de pleno esfuerzo físico. Adam podía correr eternamente esos últimos seis kilómetros. Los correría eternamente.

Oyó el claxon antes de haber recorrido treinta metros de sendero, pero supuso que no era para él.

A sus padres nunca les había caído bien Enzo, pero no se atrevían a decirlo claramente. Enzo —Lorenzo Emiliano García— era español. Había nacido en España, aunque no guardaba ningún recuerdo de allí, pues sus padres habían decidido irse a Norteamérica poco después de que naciera él, para mudarse al final a la ciudad más o menos rural de Frome poco antes de pasar al octavo grado. Enzo no tenía acento hispano, pero sí pasaporte europeo. De hecho, tener pasaporte, de donde fuese, era ya de por sí muy raro. Pero Enzo no se iría a España después de la fiesta. Su madre, endocrinóloga, había aceptado un trabajo en la otra punta del país, en Atlanta. Los padres de Adam sólo le habían dado permiso para acudir a la reunión por el alivio de que Enzo desapareciera de la vida de su hijo.

Lo gracioso del caso era que ese alivio no tenía nada que ver con la cosa física que ambos habían compartido: el sexo, el amor (¿podía Adam llamarlo así?, y Enzo ¿lo consideraba amor?), la amistad íntima. Si sus padres hubieran sospechado mínimamente de *eso*, habrían mandado a Adam a campamentos ex gay en menos de lo que canta un gallo.

No, todo venía de que Enzo era católico.

Se rio otra vez sin dejar de correr. Las endorfinas estaban funcionando a tope.

—¿Le has hecho ver la luz a ese chico? —le preguntó su padre—. Es lo que el Señor quiere de nosotros. Lo que exige de nosotros.

—Papá, van a misa todos los domingos. Supongo que tendrán su propio Dios…

—No blasfemes.

—¿Cómo es que…?

—Podrías convencerlo de que el papado es un embuste.

—Ah, o sea, que empiezo por eso, ¿no?

—¡Maldita sea, Adam! Con todo el… el carisma que tienes. Con toda esa energía…

—¿Crees que tengo carisma? —Adam estaba verdaderamente asombrado.

—No eres como Marty —en boca de su padre, sonó como una dolorosa confesión. Y casi lo era—. Tu hermano… tiene otras cosas buenas, pero nunca será tan eficaz como tú con las palabras —Thorn padre negó con la cabeza—. Recé para que Dios me diera un predicador por hijo, y Dios, en su infinito humor, me dio un hijo lleno de fe pero sin ningún talento, y otro lleno de talento pero sin ninguna fe.

—Me parece que eres un poco duro con Marty.

—Tú intenta hacerle ver la luz a ese muchacho —descubrir un asomo de lágrimas en su padre fue motivo de asombro (otra vez) para Adam—. Podrías ser tan eficaz, hijo, tan eficaz…

Bueno, he puesto la boca sobre su piel desnuda, había pensado Adam en aquel momento. Eso pareció surtir bastante efecto.

Pero no lo dijo.

Básicamente, estaba confundido por la conversación. No porque le extrañara que su padre atacara por ahí —a fin de cuentas era predicador—, sino porque hacía mucho tiempo, demasiado, que no proyectaba ni la más sombra de esperanza para su hijo. Por lo visto, habían decidido que Adam era el hijo pródigo de aquella santa familia y se daban por satisfechos con dejar que la historia corriera su curso así.

Una vez recorrido el kilómetro ocho, ni siquiera las endorfinas bastaron para animarlo. Aceleró; necesitaba sudar la camiseta a tope.

Había amado a Enzo. Lo había amado. ¿Y qué más daba si era el amor de un chico de quince años y después de dieciséis? ¿Por qué ese detalle tenía que restarle valor? Además, eran mayores que aquel par de idiotas de *Romeo y Julieta*. ¿Por qué todo el que dejaba de ser adolescente despreciaba de manera automática cualquier sentimiento que uno tuviera en la adolescencia? ¿A quién le importaba que con la edad eso quedara atrás? No por ello fue menos real en los tiempos de dolor y euforia en que sucedió. La verdad era siempre el ahora, incluso siendo joven. Sobre todo siendo joven.

Él había amado a Enzo.

Y luego Enzo, por motivos que Adam no entendía —aún— del todo, había dejado de quererlo. Pasaron a ser «amigos», aunque Adam tampoco sabía cómo se suponía que funcionara eso. Amar a Enzo había sido su forma de hacerle ver la luz. Si Adam era tan carismático y tan eficaz como afirmaba su padre, ¿por qué no había conseguido que Enzo volviera a quererlo?

—Mierda —dijo, parando en el sendero del lago, y apoyó las manos en las rodillas, jadeando, jadeando...

Oye decir «mierda» mientras serpentea entre los árboles, alejándose del lago, y vuelve a sentir ese ardor en el corazón.

Algo la impulsa a ir hacia el lugar de donde proviene la voz, se siente como un tirón, puede que sea algo tan simple como la calidez de otro ser humano. Ella se adentra en la arboleda, tres, cuatro, cinco pasos…

Pero el punto cálido se puso de nuevo en movimiento, se aleja de ella.

No está preocupada. Si es a quien anda buscando, lo encontrará.

De eso —y quizá de nada más— está completamente segura.

… gotas de sudor cayeron de la nariz y formaron tres, cuatro, cinco circulitos negros en la calzada del sendero. Hacía ya meses que él y Enzo habían cortado, meses que Adam pasó alegremente con Linus; eso sí que fue tener suerte, considerando que iba a empezar el decimosegundo curso en una preparatoria del extra-extra-extrarradio… Y fueron unos buenos meses, llenos de risas y ternura.

Entonces ¿por qué seguía doliéndole?

—¿Te encuentras bien, muchacho? —el viejo que se había fabricado su propia bici lo había alcanzado.

Adam se quitó un audífono.

—Mal de amores, nada más.

—¿Me permites un consejo? —el hombre no se detuvo, siguió pedaleando despacio—. Whisky. A litros.

Adam soltó media carcajada, negó con la cabeza y reanudó la carrera.

Estaba en ese punto —lo comprobó en su teléfono—, pasados los treinta y cinco minutos, en que ya nada dolía. Sus piernas llevaban un ritmo, sus pies marcaban la zancada con la cadencia correcta, el balanceo de sus brazos ejercía contrapeso.

Me siento fuerte, pensó de un modo casi consciente. Me siento fuerte de verdad. Apretó un poco más el paso.

Sus padres, sin embargo, lo querían. Lógico. A su manera, claro. Pero esa manera parecía depender de una serie de normas tácitas que Adam en teoría debía conocer y respetar; y, para ser justos, probablemente las conocía. El problema era respetarlas.

Pero él había amado. Y lo habían amado. Sobre eso no tenía dudas, aunque se tratara de Angela. Además, fue ella quien le había dicho que estaba enamorado de Enzo (y, ya puestos, quien se lo dijo también a Enzo). Adam había dado nombre a sus sentimientos hacia otros chicos poco antes de aquello, incluso había perdido ya de alguna manera su virginidad (pero ésa era otra historia), así que no fue que lo pasara por alto, aunque Angela se había mostrado casi violentamente contraria a poner nombre a nada.

—Digamos que quiero besar a Shelley Morgan —había dicho Angela aquel día.

En la habitación de la tele, en casa de ella, Adam la miró desde los cojines sobre los que estaban sentados en el suelo.

—¿Quieres?

—Más o menos. A ver, ¿y quién no? Shelley es medio vampira, medio bebé marmota.

—¿Y eso te excita?

—Eso excita a casi todo el mundo que no sea tú. Y ahora cállate, estoy diciendo algo importante: también me interesaría besar a Kurt Miller.

—Ugh, pero ya lo has hecho. Y toda esa pelusilla que tiene en lugar de barba…

—Ay, pues a mí me encanta. Pero, bueno, digamos que quiero besarlos a los dos el mismo día. ¿En qué me convierte eso?

—¿En una caliente?

—No. Se supone que debes de contestar «en "bi"», y se supone que entonces yo te gritoneo. O bien contestas «en una zorra» y entonces sí te gritoneo.

Se interrumpieron un momento: en la película que habían bajado de internet, un guapo-pero-estúpido-y-muy-engominado estudiante musculoso estaba siendo desollado por el zombi torpe. Una de las muchas cosas que unían a Adam y Angela era que ambos odiaban las películas empalagosas de quinceañeros. Terror de los terrores.

—Qué asco —dijo Angela, zampándose un dorito.

—Oye, pero ¿no serías bi, en ese caso?

—Madre mía. ¡Que no, fascista etiquetómano!

—Ya estamos.

—A ver: ¿para qué ponerse etiquetas? Si no lo haces, una: eres libre; dos: te sientes realizado, y tres: la ambigüedad impide que te paralices porque no tienes que seguir pautas.

—¿Y qué tal ponérselas porque tener una identidad propia puede gustarme tanto como hacer realidad mi ambigüedad?

—Pero, a ver, ¿estás seguro de que sólo te gustan los chicos? ¿Por qué no dejas abiertas otras opciones?

—Porque toda mi educación me ha llevado a pensar que sólo se puede ser de una manera. Que cualquier otra está mal, es una desviación respecto de lo que ellos dan por sentado.

—Razón de más para…

—No he terminado. Cuando me di cuenta de lo que pasaba, cuando me dije a mí mismo que yo no soy esa cosa que me han dicho que tengo que ser, que en cambio soy «otra cosa», entonces caray, Ange, la etiqueta no me pareció tan terrible; no era una cárcel, sino un mapa nuevo, ¿entiendes?, un mapa para mí solo; y ahora puedo emprender el viaje que me venga en gana, y hasta es posible que encuentre un hogar al final del camino. No es ninguna limitación. Es una llave que abre puertas.

Angela se comió otro dorito, sumida en sus reflexiones.

—Ok —dijo luego—. Eso puedo entenderlo.

—Y si yo sintiera algo así por una chica, ¿no te parece que sería por ti y sólo por ti?

—Ya párale, Disney Channel, eres demasiado alto para mí —pero se desplazó por la alfombra peluda de los Darlington para apoyar la cabeza en el hombro de Adam. Miró la pantalla un minuto, mientras decapitaban a una rubia en *topless*—. Pero creo que tengo más ganas de besar a Shelley que a Kurt.

—Sea como sea, prometo no decir que eres tal o cual cosa hasta que tú me lo digas.

—Y yo prometo no meterme con tu etiqueta de mente estrecha ya que insistes en que a ti te libera.

—De acuerdo —Adam la besó en la coronilla.

—Bien, ¿y cuándo te vas a decidir a meterle mano a Enzo García?

—¿A Enzo? —en un primer momento, Adam se sorprendió mucho, pero enseguida se le pasó—. Oh. Ah, sí.

Y así fue como, menos de tres semanas más tarde, en la fiesta del decimosexto cumpleaños de Angela (ella era cuatro meses mayor, pero por increíble que parezca no trataba a Adam con prepotencia), los únicos invitados aparte de él fueron un gratamente sorprendido Enzo y una algo perpleja pero inmensamente simpática Shelley Morgan.

—La cosa va así —les dijo Angela en voz baja a Adam y Enzo después de que los padres de ella los dejaran en el boliche—: Dedicaré la velada a comprobar hasta qué punto merece la pena conocer mejor a Shelley, y ustedes dos tienen que dejarnos hacerlo. Por suerte, Enzo, Adam te ama, así que tendrán un montón de cosas de que hablar.

Y los dejó a los dos mudos. Adam se dio cuenta demasiado tarde de que debería haberse reído de aquella ocurrencia de Angela.

No lo hizo. Enzo lo notó. A altas horas de la noche se besaron. Enzo sabía a *pretzel*; unos labios tibios y blandos, como de cachorro somnoliento. Adam se mareó casi literalmente, como si nunca hubiera tenido tanta sed.

También Angela acabó besando a Shelley Morgan, pero luego dijo que ella sabía a uva. «Fue como besar a un osito cariñosito.»

Sin embargo, aquello dio alas a la relación entre Enzo y Adam. Los diecisiete meses, una semana y tres días que duró.

Adam llegó a los diez kilómetros en el punto donde el camino que orillaba el lago describía una larga curva para meterse de nuevo entre árboles. Seguía oyendo la música a tope en sus audífonos, pero en aquel paraje parecía reinar el silencio. El sendero estaba desierto y el lago iba perdiéndose de vista detrás de la arboleda cada vez más tupida. Su respiración adoptó un ritmo ligeramente distinto al de sus pies. Entró en una zona de sombra y el repentino frescor lo hizo consciente de lo empapado que estaba en sudor, con toda la camiseta mojada.

Miró de nuevo el celular. Claro. Según la app, estaba yendo a tope. Si hubiera sido capaz de mantener ese ritmo durante todo el trayecto y no sólo en el tramo final, definitivamente podría haberse convertido en un corredor de campo traviesa muy competitivo.

Tal vez el chiste de Angela —si es que había sido un chiste— fue el origen del problema con Enzo. Ella sólo trataba de ayudar; suponía que a Enzo le interesaba Adam tanto como a éste Enzo, pero si no era así, Angela había puesto en evidencia a Adam con una sola frase.

—¿De verdad me amas? —le había preguntado Enzo, un momento antes de besarse, con una sonrisa medio incrédula, medio intrigada, en aquel rostro suyo tan hermoso.

¿Y por qué no? Era muchísimo más fácil ser objeto de amor que tener que llevar a cabo la complicada tarea de amar.

Una losa cuadrada de hormigón gris pone fin a la línea de árboles bruscamente. Ella está a punto de caer al vacío, como si hubieran retirado una pared.

Se queda anonadada.

Estoy aquí.

Tiene cortes en los pies, de andar por el bosque. El terreno estaba abarrotado no sólo de escombros verdes de un bosque maduro, sino también de desperdicios humanos. Cristales rotos, un carrito de compras oxidado, plásticos de todo tipo de colores, feos por igual, y en un pequeño claro, un trecho de agujas hipodérmicas usadas que le pincharon las plantas al pisarlas, mordisco a mordisco, como si la hubiera atacado un puerco espín.

Sin embargo, no sangra. Y el dolor es tan lejano como estar en otra habitación.

Frente a ella, más allá del cuadrado de hormigón, hay una tienda cerrada, casi en ruinas.

Tengo sed, piensa.

—Tengo sed —dice en voz alta.

—Pues aquí no va a encontrar nada, señorita —le responde una voz.

Es un hombre. Su ropa, su piel y su cabello son del color del polvo y lo esconden como camuflaje ahora que está sentado a la sombra de un contenedor viejo a un lado del edificio.

Ella intenta hablar, trata de preguntarle qué quiso decir, pero su boca forcejea y lo único que es capaz de decir es, otra vez, «tengo sed», con el ceño fruncido por el esfuerzo.

El hombre se inclina, saliendo parcialmente de las sombras, para verla mejor. Su rostro es una máscara de barba y arrugas causadas por el sol, pero su preocupación es evidente.

—¿Está en plena bajada? —su tono cambió, como si hablara para sí mismo—. Metanfetamina, seguramente; sí, casi seguro, todos esos laboratorios ahí entre los árboles, pero esa cara, esa cara, la metanfetamina derrite la cara, y esa cara suya no me parece derretida, esa cara es el sol en el agua, el sol en el agua, el sol en el agua —alza la voz otra vez—. ¿Necesita un médico?

La palabra «metanfetamina» le provoca a ella una especie de retortijón, un retortijón frío, de temor, y de su interior brotan otra vez palabras, palabras que se le atragantan como plumas, yo no, yo no, yo no...

—Yo no —dice.

—La miro —expresa el hombre—, y no sé si está diciéndome la verdad, si esas palabras son la respuesta a mi pregunta, y el sol que me da en la cara no es, repito, no es el mismo sol que le da a ella en la suya, un sol que incide en agua, un sol moteado, vibrante, que respira —el hombre se levanta y enseguida parece sorprendido de estar de pie. Su voz vuelve a sonar potente—. No tenga miedo de mí —alarga un brazo hacia la sombra y toma una lata negra, ya abierta—. Puedo hacer algo en cuanto a la sed, aunque, para ser sincero, creo que lo mejor sería que no bebiera demasiado. Y menos con este calor. No con el sol cayéndole encima —da unos

pasos hacia ella—. Tome, señorita, no espero que sea usted quien
se acerque. No puedes esperar que ella lo haga. Tendrás que ir tú.
Lo harás. Debes. Pero ¿y la chica? ¿Te hará daño?

—No —responde ella, descubriendo que es cierto mientras
lo dice.

El hombre avanza por el trecho de hormigón, con andares
rígidos, dolientes, pero al mismo tiempo firmes. Se detiene a unos
cuatro palmos de ella. Le tiende la lata, esforzándose por estirar el
brazo, como si no pudiera acercarse más.

Es ella quien da un paso hacia él, tomando la mano que el
hombre le ofrece y estrechándola con las suyas. Él se queda boquia-
bierto, asombrado por el contacto físico. Ahora ella puede olerlo:
un toque de piel sin lavar, pobreza, extrema soledad. Toma la lata
sin soltarle la mano, recorre con un dedo la palma curtida.

—Esta mano —dice—. Esta mano me mató.

—Esta mano, no.

—Una igual.

—Todas las manos son iguales. Tan iguales como diferentes.

Ella le suelta la palma, ve que aún sujeta la lata que acaba de
tomar; desprende un fuerte olor a levadura, como si lo de adentro
estuviera vivo.

Bebe. El sabor es un tren, un redoble de timbales, un faro en-
tre la niebla. Ríe sonoramente, la espuma resbala por su barbilla.

—Madre mía, qué poco me gustaba esto —dice con una voz
que es la suya y también la de otra persona. Guarda silencio,
desconcertada.

Yo nunca había bebido esto, piensa.

He bebido esto antes y no me gustaba nada, piensa.

—Ambas cosas son ciertas —asegura.

—Siempre lo son —dice el hombre.

—Oiga, ¿cuántas yo está viendo?

—Veré todas las que usted desee.

Ella se pregunta si es sincero, si podrá responder a las preguntas que acechan aquí, encima y detrás de ella, como una bandada de pájaros vigilantes que esperan a que dé un traspié. ¿Cómo ha llegado a este lugar? ¿Adónde va? ¿Qué es esa espina que tiene en el corazón y qué está sujetando?

Pero no. Al hombre le preocupa su propio estado, ahora se da cuenta. Es un ser humano maltrecho, como lo son tantos («¿Son?», piensa. «¿Y yo?»), y se afana en la medida en que puede. Ella ni siquiera puede sentir decepción, sólo lástima.

—Gracias —dice, y le devuelve la lata con gesto muy solemne.

—Ella te la devuelve —dice el hombre—. Gira el sol hacia ti y te da las gracias.

—Así es.

—Te da las gracias.

El hombre la ve atravesar el cuadrado de hormigón y alejarse hacia una carretera sin tráfico, como si la impulsara una convencida seriedad que la hace olvidarse del terreno irregular que va maltratando sus pies.

—Se va —dice, y echa un trago de la lata.

Su semblante permanece inmutable cuando el fauno pisa el cuadrado de hormigón con un resonar de cascos que recuerda a un asno melindroso. Mide más de dos metros de estatura, es hirsuto hasta las ancas, cornudo de cabeza, pelado de torso, va desnudo como una criatura salvaje y su olor de macho cabrío priápico despeja las narices del hombre cual pastilla de mentol. Alarga una pata hacia él.

—Está tocándote los ojos —dice el hombre—. Esto no es más que un sueño. Qué otra cosa va a ser. Te ofrece la amnesia, y la amnesia es dulce.

El fauno se va, dejando al hombre en un estado de euforia que será lo único que recuerde de ese encuentro. Mientras se apresura en pos de ella, el fauno levanta la mirada hacia el sol que ya está alto. El día es largo, pero no dura siempre.

Tiene tiempo hasta el anochecer. Sólo hasta el anochecer.

Adam llegó al kilómetro once justo donde acababa el pequeño trecho de sendero del lago. Estaba a un kilómetro y medio de casa, como no doblara a la izquierda para hacer otros seis y medio. Pero todo lo que había por ahí era un 7-Eleven cerrado y casi la mitad de los laboratorios de metanfetaminas del país. Aun así lo habría recorrido —y ya lo había hecho, en sus mejores (y sus peores) tiempos de corredor—, pero hoy no tenía tiempo para dar ese rodeo.

Dobló, pues, a la derecha, atravesó a la carrera el estacionamiento que había al final del camino, y entonces vio a su hermano al volante de su camioneta.

—¡Adam! —gritó Marty, lo bastante fuerte para que lo oyera a pesar de la música.

—¡No puedo parar! —le gritó Adam a su vez. Se metió por una carretera rural (sin líneas, claro está; siempre le parecía un milagro que nunca lo hubieran mandado a una zanja de un encontronazo) y siguió a pleno ritmo. Un poco más allá, pasaría por el oeste junto a la cerca de la granja de su amiga. Desde allí no se veía la casa de Angela, pero su caballo y la cabra que siempre lo acompañaba probablemente estarían paciendo.

—¿Qué pasa, hermanito? —saludó Marty, alcanzándolo con la camioneta y esperando a que Adam bajara el volumen de la música—. Toqué el claxon cuando empezabas el trecho del lago. Supongo que no me oíste.

—No.

—Ven, sube. Quiero hablar contigo.

—No. ¿Y no estabas ayudando a papá?

—Sí, bueno —un dejo extraño en el tono de Marty hizo que Adam se diera la vuelta, aunque no fue tan extraño como para que se detuviera.

Su dorado hermano mayor. El pelo tan rubio que casi era blanco, un vello facial con matices de un rubio más claro en vez de pelirrojo, unos hombros robustos, una sonrisa que en condiciones normales lo habría convertido en el pastor joven más exitoso, si Marty —y aquí venía a cuento lo de su padre y la eficacia verbal— no hubiera sido el profe más tedioso de escuela dominical que Adam había tenido que soportar. Si los rumores eran ciertos, Marty también se había convertido en el predicador más tedioso de todo su seminario.

Cuando eras tan guapo, todo el mundo suponía que podías comerte el mundo, tanto así que nadie se molestaba realmente en enseñarte cómo hacer las cosas. De todas las maldiciones, la belleza física era sin duda la mejor que podía tocarte, pero no dejaba de ser una maldición.

—No le convencieron las sugerencias que le hice para el sermón de mañana —dijo Marty, trotando para seguirle el paso a Adam—. Salió la expresión «locuras de escuela primaria».

—Pero si papá es de Oregón, ¿por qué habla como un indio Apalache?

—En el seminario lo llaman «modo pueblerino».

—Oye, Marty, estoy en el último tramo. En serio, necesito concentrarme…

—Sube. Te llevo.

—Ya te dije que no —Adam siguió en lo suyo, mientras Marty conducía a la par y vigilaba que no vinieran coches por detrás. La carretera estaba desierta, por eso Adam la frecuentaba.

Un par de semanas después, Marty empezaría el último grado en un colegio mayor eclesiástico del Idaho rural, donde estaba preparándose para ser predicador y ministro de la Iglesia, para intentar entrar a La Casa en la Roca y tal vez, con el tiempo, ser el segundo pastor titular de esa iglesia apellidado Thorn. Marty lo deseaba con toda su alma, pese a que su absoluta falta de aptitud para ello iba confirmándose lentamente.

—Oye, hermanito…

Adam se detuvo por fin.

—¡Estoy ocupado, Marty! Parece broma, ¿te volviste ciego o es que en el seminario te hicieron creer que eres tan importante que lo que haga el resto de los humanos es completamente secundario?

—Caray, pero ¿de dónde sacas todo eso?

—¿Se puede saber qué quieres? —Adam notó la presencia del caballo de Angela y de la cabra que siempre lo acompañaba al otro lado de la cerca; se acercaban mientras mascaban hierba, atraídos por el alboroto.

Marty no contestó enseguida. Se quedó allí sentado, con el motor en marcha.

—Sería más sencillo si subieras a la camioneta.

—Marty…

—Voy a ser padre.

Adam pestañeó. Lo mismo hicieron el caballo y su cabra de compañía. Era una frase tan incongruente que Adam la malinterpretó.

—¿Te conviertes al catolicismo?

Marty casi se sobresaltó; luego, hizo un gesto de impaciencia.

—No me refiero a esa clase de padre —dijo.

Adam se acercó más a la ventanilla bajada del lado del copiloto.

—Entonces es que…

—Sí.

—¿Te estás burlando de mí?

Marty entornó los ojos.

—Te agradecería que no fueras tan vulgar…

—¿Embarazaste a Katya?

Katya era la novia eterna de su hermano Marty. Guapísima, bielorrusa, un poquito racista con respecto a los judíos, para ser francos. Katya —gracias a alguna complicadísima cadena de mecenazgo y patrocinio gubernamental— había terminado no se sabía cómo estudiando ingeniería en el mismo colegio cristiano rural que Marty. Eran las dos personas más bellas del campus —y quizá de todo el estado de Idaho—, así que era inevitable que se volvieran pareja. Cuando Katya iba a visitarlos, llevaba consigo una báscula para pesar sus porciones de comida; los padres de Adam le tenían pánico.

Adam vio que su hermano tragaba saliva.

—A Katya, no —dijo Marty.

—No me… —Adam apoyó las manos en el marco de la ventanilla—. Pero, Marty, ¿qué hiciste?

Marty sacó su teléfono, atravesó el dedo por la pantalla, localizó una foto y la amplió. Una chica muy guapa (pues claro), negra, mirando de perfil, a media carcajada, con un vaso de plástico azul desechable en la mano, de los que te dan en las fiestas (no «reuniones»). Era de la edad de Marty y portaba una sudadera de la universidad católica. Marty jamás había hablado de ella.

—Se llama Felice —dijo, sonriendo para sí—. Como la felicidad.

—Ah —repuso Adam con rostro inexpresivo—, entonces se acabaron los problemas. ¿De qué signo es?

Las rubias cejas de Marty se alzaron tanto que casi se juntaron.

—No sé. Leo, me parece. Pero ¿a qué viene…?

—¡Marty! ¿Cómo demonios pudiste dejarla embarazada? ¿Eres pendejo para los anticonceptivos? ¿Ella también?

—El colegio lo ve con malos ojos —se limitó a contestar su hermano, que lo veía a él con malos ojos.

—¿Más que el embarazo en sí?

—No teníamos intención de llegar tan lejos…

—Eh, un momento —Adam estaba perdiendo rápidamente el ritmo cardiaco de la carrera. Su tejido muscular ya estaba inflamándose para la recuperación posterior. Si no se ponía en marcha enseguida, corría el peligro de enfriarse y acabar convertido en un golem—. ¿Por qué me lo cuentas a mí? ¿Por qué viniste a buscarme cuando estaba corriendo? —entornó los ojos—. Papá y mamá aún no lo saben, ¿verdad?

Marty tuvo el detalle de parecer avergonzado.

—Necesitaba contárselo a alguien —admitió.

Adam soltó el aire.

—Ya. Y ella piensa tenerlo, claro.

—¡Claro que sí! El aborto está totalmente des…

—¿Lo descartas tú o lo descarta ella?

—¡Los dos!

—Pues a veces abortar es lo más inteligente que puede hacerse —dijo Adam.

Marty negó con la cabeza, claramente decepcionado.

—Papá tiene razón: te extraviaste durante tu viaje a no se sabe dónde.

—Bueno, eso dicen todos los que ni siquiera se han molestado en hacer un viaje. Y… —añadió Adam, con un gesto que puso freno a la excusa de su hermano, que ya se veía venir— que nos quede esto de consuelo: nuestro padre se *equivocó* por completo contigo.

Guardaron silencio. La carretera seguía desierta, sólo se oía el motor en marcha en la mañana bañada de rocío. El caballo y su cabra seguían mascando hierba, imperturbablemente curiosos. Adam se pasó la mano por el pelo mojado de sudor.

—¿Te casarás con ella? —preguntó.

—Sí. Felice lo supo ayer y me llamó. Yo le propuse matrimonio inmediatamente.

—¿Por teléfono?

—Ahora mismo está hablando con su familia. Viven en Denver. Este fin de semana pienso decírselo a mamá y papá. Si logramos sobrevivir, en cuanto empiecen las clases nos casaremos. En la universidad hay alojamientos especiales para estudiantes casados.

—¿En qué parte de la universidad? ¿En 1952?

Marty rio con dulzura. Siempre reía con dulzura.

—¿Y qué quieres de mí? —le preguntó Adam—, ¿que te dé mi aprobación? Pues ya la tienes. Aunque sólo haya visto una foto de ella y me haya enterado de su existencia hace unos treinta segundos, me alegro por ustedes.

—La quiero. En serio, la amo. Y ella dice que también me quiere.

—¿Qué pasó con Katya?

—Katya era un poco mala.

—No me digas.

Marty recuperó su semblante manso.

—Pensaba contárselo a mamá y papá esta noche, mientras ibas a esa reunión. Oye, ¿tú no…?

—Yo no… ¿qué?

—¿No tienes también algo importante que decirles?

—¿Perdón?

—O sea, si somos dos, la cosa quedará repartida. Menos bronca para ti y menos para mí.

—Algo importante que contarles, ¿como qué, por ejemplo? —Adam le sostuvo la mirada a su hermano, retándolo a decirlo en voz alta. Marty guardó silencio y Adam continuó—: Por mucho que vayan a enojarse contigo (y está claro que se enojarán), al fin y al cabo les darás un nieto. Así capeas el temporal y tienes un final feliz —y no pudo evitar añadir—: Como siempre en tu caso.

—No, no siempre.

—Muchas más veces que yo.

Marty volvió a negar con la cabeza.

—Tú todavía eres un adolescente. Ni siquiera te puedes imaginar lo que es enamorarse. Pero llegará el día. Eso espero.

—Tienes veintidós años, Marty. ¿Qué crees saber del amor?

—Oye, herm…

—Si Felice no es la primera chica con la que te acuestas, debe de ser la segunda, ¿no?

—¿Y qué tiene que ver esto con…?

—Pues, primero, que mi vida sexual ya es más estimulante que la tuya…

—No quiero que me cuentes nada de…

—Y segundo, que yo sé lo que es estar enamorado.

—Tonterías —dijo Marty—. El amor de adolescente no es amor. Y menos si… —calló.

—¿Y menos si qué, eh? —Adam metió la cabeza por la ventanilla, alzando la voz—. ¿Y menos si qué?

La cara de Marty reflejó verdadera angustia.

—¿Tú crees que no lo saben? ¿Crees que no me hablan de ti todo el tiempo?

—Conmigo nunca hablan de mí, o sea, supuse que hacían lo posible por no pensar en ello.

—Mira, yo no… —Marty alzó las palmas hacia el cielo y, cuando no encontró la palabra adecuada, volvió a apoyarlas en el volante—. Eres mi hermano y te quiero, pero debes saber que este tipo de vida que elegiste…

—Ojo con lo que dices, Marty, en serio. No te das cuenta de que el mundo ha cambiado por completo.

Marty lo miró fijamente a los ojos.

—Eso no es amor de verdad, Adam. Todo el mundo trata de convencerse de que lo es. Pero no lo es y nunca lo será.

Adam estaba tan enojado que sintió que le faltaba el aire, sus vías respiratorias estaban esforzándose por tragar oxígeno para compensar la rabia y el dolor que le subían desde el estómago. Buscó una frase bien articulada, una frase para lanzarle a Marty a la cara y borrar así su insoportable expresión de compasión, una frase que hiciera pedazos la camioneta y acabara con la arrogancia vacía de su conductor, que sirviera para terminar de una vez por todas esa estúpida y desquiciada discusión.

Lo único que se le ocurrió fue:

—Eres un pendejo.

Reanudó la carrera y subió el volumen de la música. El caballo y la cabra de compañía lo miraron mientras se alejaba.

Estaba rígido, se había enfriado de mala manera y le parecía que corría sobre zancos, pero no le importó. Siguió adelante, aumentando la distancia que lo separaba de la camioneta.

Eres mi hermano y te quiero, pero…

Siempre la misma cantaleta: «Te quiero, pero…».

Aceleró. Más y más.

Este enojo, se dijo. Siempre este enojo tan molesto. ¿No habría más que eso? ¿Le retorcería eternamente las tripas, borrando todo lo demás hasta que ya no supiera cuándo enojarse porque todo el tiempo estuviera enojado de todos modos?

Esprintó, alargando la zancada y balanceando las manos cada vez más arriba, con los dedos extendidos.

Yo no quiero ser así, pensó. No me gusta esto. No quiero estar siempre peleando.

Quiero amar.

Quiero amar.

Quiero amar a Enzo.

Sus piernas estaban al límite del esfuerzo. Las sentía desconectadas de su persona, casi con vida propia, le dolían como una lesión cuando hace frío. Si se detenía a pensar ahora, perdería el equilibrio. Correr era lo único que podía mantenerlo erguido.

Quiero amar a Linus, pensó.

Quiero querer amar a Linus.

Llegó a las proximidades de su casa desde la dirección contraria a la que había tomado en coche por la mañana, barranco abajo, a tope de velocidad, la boca de riego como línea de meta, la boca de riego, la boca de riego…

Al dejarla atrás, aflojó de golpe y empezó a caminar lentamente en círculos. El corazón le latía con tal fuerza que el pulso era visible en sus muñecas; su pecho tragaba aire como un pececillo fuera de la pecera.

La música seguía atronando en sus miniaudífonos. Vio a su madre observándolo bajo el ala de su sombrero cursi de jardinera. Era licenciada en lingüística, tenía sólo cuarenta y tres años, pero por alguna razón se empeñaba en vestir como abuela de anuncio de galletas caras. Estará en modo pueblerino, pensó Adam. Dentro de nada, tanto si le gustaba como si no, tendría que hacer de abuela.

Siguió caminando en círculos, respirando hondo, esperando a que el martilleo en sus sienes y oídos perdiera intensidad. Había forzado su cuerpo lo suficiente como para vomitar y, aunque era espantoso, había algo de heroico, algo muy potente en ir más allá de los límites, en olvidarse de todo al punto de borrarse uno del mapa, o dejarse borrar.

Por eso mismo no supo si el temblor de las manos se debía a la carrera o a que aún estaba furioso.

Se detuvo y se dobló por la cintura, intentando respirar por la nariz. Sin levantar la vista, apagó la música porque en ese momento su madre se puso a hablarle.

—¿Cómo dices?

—Digo… —(a todo esto, ella estaba descabezando sin piedad un crisantemo poco cooperativo)— que no sé por qué siempre tienes que hacer tanto drama. Fuiste a correr, sólo eso.

—¿Qué?

Su madre emitió unos ruidos tan feos, como bocinazos, que Adam tardó un momento en comprender que estaba burlándose de su forma de respirar.

—Echaste una carrerita por los alrededores —prosiguió ella—. Tampoco es que acabes de terminar un maratón.

Adam tragó saliva y luego dijo:

—Marty embarazó a una chica.

Su madre ni siquiera consideró la posibilidad de creerle.

—Oh, siempre con el drama, el drama, el drama. Un día crecerás, hijito mío, y nosotros lo…

—Dice que se los explicará a ti y a papá este fin de semana. Van a casarse y vivirán en uno de los departamentos que el colegio proporciona a las parejas casadas.

Su madre abrió la boca para decir algo, la cerró, volvió a abrirla.

—No me gustan estos chistes, Adam. Crees que son muy graciosos, pero al fin y al cabo se trata de una mentira. Y sobre un hermano tuyo.

—Hablando del rey de Roma —dijo Adam—, ahí lo tienes.

Y, en efecto, como si se hubieran puesto de acuerdo, allí estaba la camioneta de Marty, coronando el barranco por donde Adam acababa de bajar.

—Esto no tiene ninguna gracia —dijo su madre, ahora muy seria.

—No, supongo que no. No sé de dónde va a sacar el dinero para criar a un bebé y además pagar la inscripción del último grado. Sobre todo con lo mal que andamos de dinero ahora mismo en la familia…

Vieron que Marty paraba la camioneta y se quedaba mirándolos. Probablemente intentaba calcular hasta qué punto estaba en un aprieto. Tal vez eso hizo que su madre empezara a asimilar que aquello era verdad.

—¿Katya? —susurró apenas.

—No —dijo Adam. Y, poniendo otra vez la música, fue hacia la casa para ahorrarse el griterío.

Metido ya en la regadera, e incluso con el ruido del agua, Adam los oyó al cabo de un momento. A su madre, sobre todo, profiriendo aullidos —no podía llamárselos de otra manera—, aunque tal vez lo hacía más por la oportunidad de dejarse llevar y no porque estuviera tan enojada.

Marty fue a pegarle a la puerta del baño.

—¿Por qué? —gritó—. ¿Por qué lo hiciste?

Adam se limitó a llevarse las manos a la nuca y meter la cabeza bajo el chorro del agua.

Bien pensado: ¿por qué?

Le quemaba tanto el pecho que no sabía dónde terminaba el enojo y empezaba la herida. Porque siempre tenía una herida; su familia mantenía abierta esa herida, pero también insistía en que lo amaba.

Era un día para llorar, eso lo tenía claro, un día que culminaría con la marcha de Enzo. Pero aún no. No, señor. No lloraría.

Eso sí, siempre sabían adónde disparar la flecha.

¿Qué tal que tuvieran razón? ¿Y si sí le pasaba algo raro? ¿Y si muy en el fondo, en lo más recóndito de su ser, *estaba* podrido por dentro? ¿Y si, en los cimientos de su persona, había un pequeño, un pequeñísimo defecto, y desde el primer instante de vida todo había consistido en tapar como fuera esa grieta esencial? ¿Y si sólo era un caparazón construido sobre una fachada levantada sobre un andamiaje y dentro de él no había un núcleo propiamente dicho, nada de valor, nada que valiera la pena?

¿Yo puedo amar?, pensó. ¿Puedo?

¿Puedo ser amado?

Terminó de bañarse, se vistió y —tras cerciorarse de que Marty ya se hubiera ido— salió al pasillo para ir a su cuarto. Se puso el uniforme del Evil International Mega-Conglomerate —de poliéster, claro, pero con algunos detalles de buena confección; el Evil International Mega-Conglomerate no quería que sus clientes se sintieran incómodos pensando que los asistía gente «pobre»— y tomó las llaves, ropa para cambiarse en casa de Linus y el celular.

Dudó un momento y luego tecleó un mensaje: «Perdona que se lo haya dicho, hermano, pero tú también tienes que decir "lo siento"».

Lo envió y luego seleccionó otro nombre. «Marty embarazó a una chica —escribió—. No es broma, en serio.»

«¡¿Qué?! —respondió Angela—. ¿No ha leído a Judy Blume?»

«Aquí huele a tragedia. Mi madre no para de aullar.»

«Qué suerte tienes. Mis padres jamás se enojan por nada.»

Adam sonrió para sí, pero sólo porque lo tenía que hacer; eso era lo que había estado esperando. Pero no fue una sonrisa sincera.

Aguzó el oído y esperó, tratando de adivinar el momento oportuno para desaparecer sin que nadie lo viera.

3

EVIL INTERNATIONAL MEGA-CONGLOMERATE

Sencillamente, los Thorn eran más pobres de lo que aparentaban. La casa —crisantemos incluidos— constaba como propiedad de la Iglesia por motivos fiscales y los Thorn, una ganga, no pagaban alquiler. Pero tampoco eran los propietarios, de modo que no servía como aval para costear los estudios de Marty —y, en teoría, los de Adam llegado el momento—. Por otro lado, el salario de La Casa en la Roca contabilizaba el inmueble como beneficio y era, sorprendentemente, muy poquita cosa.

Al parecer la situación era diferente en El Arca de la Vida, la iglesia evangelista más importante de Frome. No era rival de La Casa en la Roca (cómo iban a ser rivales dos iglesias, ¡Dios nos libre!, todos colaboramos en la obra divina), pero Big Brian Thorn tenía hipertrofiado el gen de la competitividad. Los años que llevaba en La Casa en la Roca se habían tratado de un continuo e inútil esfuerzo por superar a El Arca tanto en número de feligreses como en la clasificación de la liga evangelizadora.

Sin embargo, el pastor Terry LaGrande y su esposa Holly-June, de El Arca, seguían estando al frente de cuatro congregaciones con más de un millar de fieles incluso los sábados por la noche. Los sermones de Terry y Holly-June sobre el Evangelio de la Prosperidad nunca sonaban a engaño, porque conducían un Mercedes dorado. Eran Terry y Holly-June quienes tenían tres perfectas hijas morenas; la mayor acababa de firmar un contrato con una discográfica cristiana y estaba a punto de sacar al mercado su primera canción, «Damas solteras (para Jesús)».

Los Thorn hacían lo posible por estar a la altura, en las apariencias, de los LaGrande. Pero de puertas adentro —y no sólo porque a la madre de Adam la hubieran despedido el año anterior de su puesto como lingüista en la delegación del Departamento de Defensa en Seattle— aguantaban como podían con un sueldo precario. Adam trabajaba todas las horas que le era posible para comprarse ropa nueva y echar gasolina en el Honda de veinte años que había encontrado en Craigslist por cuatrocientos dólares.

Por eso, tenía que hacer turnos en el inmenso almacén de Evil International Mega-Conglomerate bajo la supervisión de Wade Gillings, que a sus treinta y ocho años seguía siendo sólo encargado de almacén (por inmenso que éste fuera), cuyos pantalones eran de un ceñido que asustaba y que tenía la mano muy, muy, pero muy larga.

—¡Thorn! —gritó el tal Wade cuando Adam pasó frente al guardarropa que le servía de despachito. Una mano asomó por la puerta para darle un manotazo en la nalga izquierda.

—Ya hemos hablado de este tema, Wade —dijo Adam, cerrando los ojos con hartazgo—. Iré a recursos humanos.

Wade, cuyos bigote y plumosos cabellos estaban varias décadas pasados de moda, hizo un puchero y gimoteó, falso como era.

—Soy Adam Thorn y me duele el culito —dijo.

—Wade, basta ya.

—Llegas tarde, ¿sabes?

—No, señor.

—Casi. Te podría reportar por esto.

—Llegaré tarde si me retienes aquí y me impides registrarme.

—¿Quieres que te retenga?, ¿eso te gustaría? —repuso Wade lanzándole una mirada lasciva.

Adam se volvió hacia la tablet empotrada en la pared con la app de registro de horas trabajadas, y se percató demasiado tarde de que estaba ofreciéndole la espalda al encargado, que aprovechó para propinarle un manotazo en la nalga (la derecha, esta vez), al tiempo que decía:

—Ponte a trabajar. Karen y Renee están en artículos para el hogar.

Adam suspiró y se registró. Mientras iba hacia la sección de artículos para el hogar del enorme almacén trasero, le vibró el teléfono.

«Intuyo cierta mala vibra en lo del problema familiar», acababa de escribir Angela en un mensaje. «¿Alucino?»

«No. Más o menos lo de siempre», escribió él.

«La historia demuestra que lo de siempre no suele ser bueno. Pero esta noche estará mejor.»

«¿Todo bien? ¿De qué tenemos que hablar?»

«Sí, todo ok, Pequeño Saltamontes. ¿Ya te metió mano Wade o aún no? ¿Por qué? Pues porque no debe.»

Adam conocía a Angela desde tercer grado, pero no se habían hecho amigos hasta que en quinto habían ido con la clase de excursión nocturna a un observatorio astronómico. Mes de octubre, estado de Washington, o sea, cielo cubierto, pero los astutos dueños del observatorio tenían un planetario por si las moscas. Trece niños de diez años acomodaron sus sacos de dormir, sumamente vigilados por los padres designados, incluida la mamá de Angela, Marieke Darlington. Vieron desplegarse el universo en el techo, pero como la cosa duraba sólo catorce minutos, el observatorio decidió repetir la operación. Después de cuatro veces seguidas de lo mismo, los niños empezaron a alborotarse y un empleado del observatorio les pasó un «show láser» que no proyectaban desde principios de los años ochenta. Trece niños adormilados acabaron conciliando el sueño acunados por la nana de *Dark Side of the Moon*, en versión iluminada.

A la mañana siguiente el padre de Adam le envió un mensaje diciendo que pasaría a buscarlo una hora más tarde porque la señora Navarre le había pedido una sanación por fe para su artritis reumática. «¿Es verdad, o es una excusa?», había preguntado la madre de Angela, que de todos modos se ofreció para llevar a Adam a casa. En el asiento trasero del coche, Adam y Angela apenas cruzaron palabra mientras la señora Darlington, que tenía diez años más que la madre de Adam, llevaba el peso de la conversación vía retrovisor.

—¿La pasaron bien? Bueno, ya sé que, a decir verdad, no pudieron ver el espacio, pero lo del planetario estuvo bien. Quizá sobraban los tres últimos pases, y ese show láser, uf, fue como meterme en el túnel del tiempo. Recuerdo que de adolescente, en Holanda, me colé en uno con mi hermana, y la hierba que nos fumamos era tan potente que veíamos el láser casi en tres dimensiones. Fue el día en que la tía Famke conoció al tío Dirk, Angela, y puede que fuera también la noche en que se quedó embarazada de tu primo Lucas.

—Mamá… —dijo Angela, llevándose las manos a la cara.

—¿Qué? —Darlington madre miró a Adam por el retrovisor—. Ay, perdona, Adam, no quería incomodarte.

—No me incomoda —dijo Adam. Era justo lo contrario; la señora Darlington hablaba diferente a todas las madres que él conocía, y deseó que siguiera haciéndolo todo el tiempo posible.

—Mis padres —continuó ella— creían que hablar a los niños como subnormales y evitar ciertos temas era casi abuso infantil; que así sólo se conseguía criar niños mimados e idiotas a los que el mundo se tragaría. Yo prefería que los adultos esperaran a que me comunicara con ellos y no al revés. No sé si me entiendes.

—De hecho, sí lo entiendo —y es que Adam hablaba así ya a los diez años. Reparó en la sorprendida mirada de soslayo que Angela le lanzó por entre los dedos de una mano—. Creo que mis padres siguen prefiriendo no comunicarse.

La señora Darlington soltó una carcajada en el momento exacto en que un camión se pasaba un alto y chocaba contra ellos justo detrás de donde estaba Angela, haciendo que el coche girara sobre sí mismo y mandándolo a un desnivel más allá del cruce, por donde el vehículo descendió dando una vuelta y media de campana hasta quedar ruedas arriba en lo que, por suerte, era un arroyo de escasa profundidad.

La señora Darlington resultó malherida: un brazo roto y una operación de cadera le impidieron ocuparse de la granja durante casi un año. En el asiento de atrás, la muy pequeña Angela y el preadolescente Adam brincaron sujetos por los cinturones de seguridad mientras el coche daba tumbos, pero sin recibir más golpes que los de un libro de texto que salió

volando y le puso un ojo morado a Adam y le tumbó un dien-
te a Angela.

Adam recordaba los segundos inmediatamente posteriores a
que el coche quedara quieto, antes de que la señora Darlington
volviera en sí e intentara no asustarlos gritando demasiado:
Angela y él estaban juntos, colgando boca abajo, ceñidos aún
por los cinturones y pestañeando de pura conmoción. En el repentino y violento silencio, ella se había volteado para mirarlo
y lo había tomado de una mano.

—¿Hay tarea? —le preguntó, muy seria.

—La hice después de desayunar —respondió él—, aprovechando la pataleta de Jennifer Pulowski por el divorcio de
sus padres.

—Ah, sí —Angela estaba aturdida todavía—. Yo también
—fue entonces cuando miró hacia el asiento delantero y dijo,
con la voz a punto de quebrarse—: ¿Mamá?

Desde aquel día Adam y Angela fueron grandes amigos.
No en vano estuvieron a punto de morir juntos, lo que a todas
luces era una base sólida. A él le encantaban los Darlington.
Y desde luego, adoraba a Angela. De haber sido posible elegir
familia, sin duda alguna habría elegido aquélla. Si es que no lo
había hecho ya. Volvió a mirar su teléfono y pensó en su amiga
mientras buscaba a Karen y Renee en la sección de artículos
para el hogar.

—Yo lo único que sé —dijo Karen, mientras escaneaba la
etiqueta de unas sartenes antiadherentes— es que mi padre me
dijo que si me acerco una sola vez a un laboratorio de meta,
me manda a vivir con mi abuela en Alaska. ¡Alaska! De estas
sartenes debería haber veintitrés.

—Oh, vamos —dijo Renee, saludando con un gesto de la cabeza a Adam al ver que se acercaba—. Como si los negros se metieran metanfetaminas alguna vez. Seis, doce, dieciocho, hay veintidós en total.

—Quizá los negros que hay en Alaska, sí —dijo Karen, introduciendo en la computadora la pérdida del artículo—. Es decir, los que no son mi abuela.

—¿Dos? —dijo Renee—. Hola, Adam. ¿Cómo vamos a hacer este trabajo entre tres?

—Yo acomodo los estantes —respondió él—. Wade quiere artículos para el hogar y armas listos a media tarde.

—No, lo que quiere Wade es mirarte el culo con ese uniforme —dijo Karen, escaneando una sartén antiadherente un poco más grande—. De éstas dice que debería haber 27.2 ¿Quién se inventó un cero punto dos de sartén?

—¿Quién escaneó cero punto dos de sartén? —dijo Renee.

Adam tomó el escáner portátil, le dio un fuerte manotazo y se lo devolvió a Karen.

—Veintisiete —dijo ella, tras escanear de nuevo. Miró a Adam con cara de palo—. Gracias por machacarme este cacharro, Adam.

—Siempre para servirte —Adam empezó a bajar de los estantes el siguiente grupo de artículos, cacerolas de todas las clases habidas y por haber.

Karen y Renee eran primas e iban en el mismo grado que él. Aparte de inseparables, eran dos fanáticas de las nuevas tecnologías y siempre trabajaban en el mismo turno. Una vez llegaron a trabajar en plan *cosplay* como dos quintas partes de

Jem y Los Hologramas en versión raza negra, con el uniforme encima. Wade ni se enteró.

—¿Estaban hablando del asesinato? —preguntó Adam.

—Pues sí —respondió Karen, que era la más baja de las dos—. Renee conoció a Katherine van Leuwen en las girl scouts.

—Hace un millón de años, cuando aún era Katie —intervino Renee, más alta pero más callada con todo el mundo, a excepción de con Karen. Tenía cicatrices de inyecciones de insulina en el torso. Una vez se las enseñó a Adam—. Era simpática. Pero andaba un poco perdida, desde entonces.

—Las niñas pequeñas no andan perdidas porque sí —dijo Karen, frunciendo el ceño mientras escaneaba cacerolas—. Eso es por culpa de alguien.

—Hablas igual que Angela —dijo Adam, devolviendo sartenes a la estantería.

—Más gente debería hablar como ella.

—No te digo que no.

—Yo tengo pesadillas de que alguien me estrangula —dijo Renee—. Fíjate que ni me pongo pañuelos al cuello…

—Es verdad, pobre —dijo Karen—. El fuego sería peor, eso sí. Sería mucho peor.

—Es más rápido. Antes de que te estrangulen del todo, te pasas un buen rato sin poder respirar.

Estuvieron un minuto reflexionando, sin dejar de trabajar, sobre lo dicho. Adam acomodó las cacerolas ya inventariadas y bajó los paquetes de cubertería que había que contar; pesaban una tonelada y media.

—¿En serio los negros no prueban la metanfetamina? —preguntó.

—Nunca —dijo Karen—. Esos tipos que están en el bosque son unos maleantes y unos muertos de hambre.

Está en el patio de atrás de una cabaña. Un lugar tranquilo, rodeado de árboles por tres de sus lados, en el cuarto hay un camino de grava y una segunda cabaña. Hace mucho que nadie utiliza las cabañas; la hierba le llega hasta las rodillas.

Pero alrededor de ésta hay cinta amarilla de seguridad.

Echa a andar despacio, pisando la hierba conforme avanza hasta que encuentra un rastro más nuevo cerca de la fachada, huellas de muchos pies que han salido y entrado por la pequeña puerta delantera.

—Conozco este sitio —*dice a nadie en particular, al fauno al que no puede ver, pero que vigila desde los árboles.*

Ésta es la cabaña del lago, piensa, una de las baratas, alejada de la orilla y al otro lado de una carretera abandonada. Una cabaña que antiguamente se abastecía en la tienda de la que ella acaba de venir; una que cerraron más o menos cuando quebró la tienda.

Pero que alguien seguía utilizando de manera ilegal.

—¿Cómo sé todo esto? —*dice, pensando en alto, y frunce el ceño.*

El fauno anhela decírselo, decirle que está atrapada, su reina, atada y amordazada por un alma temerosa. Necesita decirle que corre peligro de extraviarse para siempre, pero no puede. Lo único que puede hacer es mirar al sol, que antes de una hora llegará a su cénit. El fauno está preocupado. Está muy preocupado.

Camina por la hierba hasta la parte delantera. Tras vacilar apenas un segundo, sube al porche y aparta la cinta amarilla. La puerta está abierta; ella se detiene en el umbral.

Nota el olor a violencia. Aquí han ocurrido cosas horribles. No sólo una vez, sino muchas, durante muchos años. La desesperación de los humanos. Su miedo. La violencia que ejercen contra sí mismos.

—La violencia que ejercemos contra nosotros mismos —susurra.

Siente rabia. Empuja la puerta de repente, rápido, con tal fuerza que la hoja se desprende de sus goznes. Entra con decisión, sus pies descalzos revelan marcas de quemaduras en el suelo. Leves penachos de humo se desvanecen conforme avanza. «¡Estás aquí! ¡Estás aquí! ¿Me harías eso a mí?»

Se detiene en mitad de la estancia. Está sola y se pregunta por qué había pensado que no.

Pero eso, claro está, pasó en otro tiempo.

—Conozco este sitio —repite.

Se arrodilla y toca un punto del nudoso suelo de madera, un punto libre de basura de yonquis: envoltorios de comida, papel higiénico usado, jeringas y un hedor que es casi una presencia en sí mismo.

—Fue aquí —de repente, voltea y ahí está el fauno, en el umbral—. ¿No es cierto?

Él se sobresalta.

—Sí —dice—, es cierto, mi señora, ¿puedes…?

Pero no, ella no lo ve. No le está hablando a él.

—Fue aquí —repite.

El fauno la ve poner la mano sobre el suelo de tablones. Sale humo.

—Aquí es donde morí.

—¿Vas esta noche a lo de Enzo? —le preguntó tímidamente Renee.

Se suponía que Karen y Renee no estaban al corriente de lo de Adam y Enzo; oficialmente nadie lo sabía, tal vez ni siquiera los propios interesados, pero lo sabían de esa manera extraoficial en que se había percatado todo aquel que tuviera ojos para ver (y no ciegos a todo, como ciertos padres que él conocía). A nadie de menos de veinte años parecía importarle, pero no eran ellos quienes mandaban en su casa.

—Sí —respondió—. ¿Y ustedes?

—También —dijo Karen—, aunque no me gusta mucho ese lago. El agua está demasiado fría.

—Pero nadie irá a nadar, supongo —dijo Renee, que parecía un poco asustada.

Adam dijo que no lo sabía.

—Angela y yo llevaremos pizzas de su trabajo.

—¿Por qué? —preguntó Karen, escaneando mesitas auxiliares, tarea fácil ya que normalmente sólo había un par. Adam y Renee no tenían que hacer nada, así que todos se estaban tomando su tiempo.

—¿Por qué? —repitió Adam—. ¿Y por qué no?

—La mamá de Enzo es médico. Digo yo que tendrán con qué comprar las pizzas.

—Van a pagarlas ellos —repuso Adam, aunque, ahora que lo pensaba, no podía recordar que se hubiera hablado de un mecanismo para hacer efectivo el pago. ¿Les había oído decir que pagarían ellos?—. Fue una propuesta mía —dijo, sopesándolo.

—Un bonito detalle —dijo Karen sin mirarlo.

—Karen… —advirtió Renee, suavemente.

—¿Qué pasa? —saltó Karen—. Si quiere seguir haciendo cosas por los demás sin recibir nada a cambio, no tengo por qué meterme, ¿verdad?

—Oye, yo no… —empezó a decir Adam—. Él no… —bajó una mesa auxiliar del estante, aunque no hacía falta—. En fin, Enzo se va, o sea, que no vale la pena hablar de ello. Suponiendo que hubiera algo de que hablar, claro.

—«No hay que avergonzarse de tener el corazón roto…» —canturreó Karen por lo bajo; Adam fingió no haberla oído.

¿Por qué demonios iba a llevar él todas las pizzas? Y además, pagarlas de su bolsillo. (No, no. Los García eran buena gente. Siempre estaban muy ocupados, pero eran buenas personas.) ¿Acaso no era amigo de Enzo? ¿Los amigos no están para eso?, ¿amigos con todo un abismo de dolor entre ellos que sólo uno de los dos parecía ver?

—Tú no vas a tomarte esto en serio, ¿verdad? —le había dicho Enzo la última noche juntos antes de convertirse en «amigos».

Fue unos meses después de que Enzo le dijera por primera vez a Adam que lo quería. Y dos segundos después de que Adam se lo dijera por última, sin saber que no habría más ocasiones.

—Sólo estamos tonteando —dijo Enzo, evitando mirarlo a los ojos—. Nada más.

Al principio, Adam pensó que Enzo le tomaba el pelo, que no podía ser otra cosa. ¿No habían ido en serio en los dieciséis meses? ¿Qué era eso, si no amor?

—Puro rollo experimental adolescente —añadió Enzo entonces.

Vaya por Dios, lo que faltaba.

Fue un momento en que Adam pudo haber salvado… ¿qué? Su autoestima, al menos. Un final que fuera sincero. Pero vio pánico en la expresión de Enzo, en aquella cara que conocía tan bien, una boca que había besado, unos ojos que había visto reír y llorar. Enzo estaba aterrorizado, y eso acabó de convencer a Adam.

—Claro —dijo, con una risa forzada—. Sólo estamos tonteando. Todo eso de te quiero y tal, ja, ja, ja…

—Oye, mira, no me parece mal que lo hagamos de vez en cuando, pero sólo como amigos que se ayudan el uno al otro hasta que empiezan a tener novia, ¿ok?

—Yo no quiero una novia —consiguió decir Adam, atónito.

—Bueno, pues yo sí —repuso Enzo, de nuevo evitando mirarlo.

En realidad, siendo honestos, ¿le sorprendía? Si Adam repasaba todas las cosas que Enzo le había dicho, ¿acaso alguna vez había pronunciado realmente las palabras «te amo» o sólo había dicho «yo también te amo»?

Enzo era diferente a él; eso era lo que Adam se decía siempre. Adam utilizaba palabras. Enzo, el cariño, ¿no? Y cariñoso había sido, desde luego. Tal vez no había pronunciado en voz alta aquellas palabras, pero sí las había dicho una y otra vez mediante una caricia, un beso, un intercambio sexual de tú a tú.

«¿Por qué tenemos que poner una etiqueta? —había preguntado Enzo en más de una ocasión, y tenía razón—. ¿Por qué no lo dejamos fluir y ya está?»

A lo que Adam había respondido: «Bueno». Había dicho «bueno». Ni siquiera intentó emplear la táctica que le había heredado a Angela, la del no-se-trata-de-etiquetas-sino-de-mapas. ¿Por qué no lo había hecho? ¿Por qué demonios aceptaba todo cuanto Enzo le ofrecía? Sin chistar ni exigir nada a cambio. Sin siquiera un indicio de autoestima.

Porque quería a Enzo. Tal vez no tenía por qué haber otros motivos. Tal vez el amor lo volvía a uno imbécil.

O la soledad.

Porque el día en que Adam sacó su licencia de conducir. Ese día.

Hacía dos meses que había cumplido los dieciséis y llevaba seis con Enzo. Adam supuso que iban a cargárselo porque al estacionarse en línea había chocado contra el borde del pavimento, pero el examinador —un individuo desaliñado que parecía a punto de echarse a llorar de un momento a otro, tal vez debido a un asunto personal— no pareció advertirlo o le tenía sin cuidado. Le dio el aprobado sin siquiera levantar la vista de su tablilla.

Adam había llevado de paseo a Enzo en el coche de su madre, tras prometer, eso sí, que no se acercaría a ninguna autopista y que la llamaría cada hora para que ella supiera que no había destrozado el coche y, ya estando en eso, que aún estaba vivo. Se habían saltado la normativa estatal de que quienes acababan de tramitar su licencia podían llevar sólo a sus hermanos en coche los seis primeros meses. Enzo dijo que al fin y al cabo parecían hermanos. No era cierto.

Había ido a Denny's para celebrarlo con palitos de mozzarella fritos y sándwiches de huevo revuelto con jamón.

—¿Vamos al lago? —había propuesto Enzo cuando terminaron.

—Pero si vamos todo el tiempo… —dijo Adam.

—Solos, no. Y tampoco a la otra orilla.

—En la otra orilla no hay nada —repuso Adam, lo que hizo sonreír a Enzo.

El lado opuesto del lago era oficialmente reserva natural. Sin embargo, y debido en gran parte a los recortes presupuestarios, extraoficialmente era territorio de plantaciones «sublegales» de marihuana, y corrían morbosos y absurdos rumores sobre una secta de hombres que iban semidesnudos con pieles de quién sabe qué animales.

—Es de día —dijo Enzo—. No pasará nada.

—No será de día por mucho tiempo —dijo Adam.

La idea de ir en coche hasta allí le ponía nervioso, y que se odiara por ello no cambiaba nada. No era tanto por el peligro real como por lo que ocurriría si sus padres se enteraban. Claro que, últimamente, corría ese riesgo con muchas otras cosas.

—Ya lo sé —dijo Enzo—. Por eso quiero enseñártelo.

Adam conducía y Enzo iba indicándole el camino; las pequeñas carreteras parecían mucho menos peligrosas de lo que decía la leyenda, aunque es verdad que pasaron frente a la cabaña donde después Katherine van Leuwen sería asesinada, así que tal vez había algo de cierto en la leyenda.

—¿Adónde vamos, Enzo?

—A un lugar secreto.

—¿Y tú cómo te enteraste de que existe?

—Suponiendo que exista. Lo descubrí en internet —miró de reojo a Adam—. Pensando en algo que regalarte.

—¿Estuviste pensando en mí? —la mera idea hizo que Adam respirara mejor. También experimentó una media erección y tuvo que reprimir una risita nerviosa.

Qué ridiculez.

—Ahora, dobla por aquí —dijo Enzo—. Tendría que haber…

—Ja —dijo Adam, parando en un pequeño estacionamiento que parecía abandonado. Enfrente de ellos, una extraña disposición de los árboles enmarcaba perfectamente el monte Rainier, altivo como un gallo de pelea y, en ese momento, teñido de un rosa inverosímil por el sol poniente.

—La mejor vista secreta en toda esta zona. Al menos, eso dicen.

—Nada mal —dijo Adam, una expresión de lo más inapropiada para describir algo tan inesperadamente bello, casi como si la montaña (motivo de comprensible orgullo para todos los lugareños) estuviera allí gracias a Enzo, un regalo para la vista de Adam y de nadie más.

Eso no era amor, ¿no? Enzo lo había tomado en cuenta, se había tomado la molestia de pensar un regalo para celebrar que ya tuviera la licencia de conducir, había pensado de antemano en ese momento que compartiría con Adam.

—Te amo —dijo Adam, con la vista fija en la montaña.

—Ya lo sé —contestó Enzo, pero no con crueldad, no con desamor, sino sólo constatando un hecho.

—Mis padres… —prosiguió Adam, tragándose el nudo que tenía en la garganta—. No sé qué haría sin ti, Enzo.

—Eso también lo sé —lo dijo poniendo una mano sobre el brazo de Adam, y luego la subió hasta la cabeza para atraerlo hacia sí y besarlo, un beso, dos, y si luego dijo: «Este estacionamiento también es famoso por otra razón», y si había pensado en llevar condones con anticipación, y si después hicieron la cosa famosa ahí mismo, en el asiento delantero del Kia de la madre de Adam, si todo eso era cierto, seguía siendo verdad que Enzo había pensado en la vista de la montaña al fondo, que se había reservado para Adam, y que le había dicho (una vez desnudos) «Eres hermoso…» con la expresión de quien ve más allá de lo físico.

Si eso no era amor, ¿cómo llamarlo entonces?

—Te amo —repitió Adam, pálido y desnudo bajo el cuerpo más moreno y asombrosamente peludo de Enzo.

—Ay, y cuánto te amo yo también, Adam Thorn —dijo Enzo, besándole los párpados sin variar el ritmo.

«Y cuánto te quiero yo también.» Adam se agarró a ese clavo ardiendo durante los meses siguientes, meses que culminarían con aquel «sólo estamos tonteando.»

Porque, sin duda, Enzo había querido convencerse de eso.

Adam ni siquiera le contó a Angela cómo había acabado aquello exactamente, a pesar de que a ella se lo contaba todo. En cambio, había dado a entender que el porcentaje de reciprocidad era de sesenta a cuarenta, cuando en realidad era de cien a cero. No obstante, Angela no dudó en cargar contra Enzo.

—Lo mataré —dijo Angela.

—No pasa nada —repuso Adam.

—Está claro que a ti sí.

—No, es sólo… decepcionante, nada más. Seguiremos siendo amigos. Yo lo veo bien.

—No sé por qué me mientes, Adam —Angela le tomó una mano, igual que el día en que habían volcado con el coche—. Es posible que sea tu manera de superar este momento, así que no me meteré. Si un día te caes, estaré para atraparte en el aire. Bueno, no literalmente, porque eres un gigantón, pero al menos estaré para ver cómo caes y luego iré por vendas.

Adam no podía decirle que si le contaba la verdad, si confesaba todas las esperanzas y las expectativas que había puesto en Enzo, toda esa vida que era de él y de nadie más, si soltaba siquiera una lágrima, significaría que todo había terminado de verdad. Enzo se iba; tal vez estaba asustado, quizá lo ponía un poco neurótico que la cosa fuera tan en serio, o puede que estuviera pasando un mal trago por otro motivo; al fin y al cabo sus padres eran católicos practicantes.

Enzo volvería. A lo mejor. No había por qué quemar ese puente.

De aquella noche hacía más de diez meses. Angela había tolerado que Adam siguiera siendo amigo de Enzo, pero poco a poco el asunto fue perdiendo intensidad, no sólo debido al mero paso del tiempo —aunque sobre todo a causa de ello—, sino también por Linus. A quien Adam amaba. A quien quería amar. A quien tal vez era demasiado pronto para amar, pero ya lo habían dicho. El puente con Enzo no se había quemado, pero estaba cerrado al paso y, durante periodos importantes de tiempo, no fue un tema en el que pensara mucho.

Excepto cuando sí. Excepto cuando el puente necesitaba unas pizzas antes de mudarse a Atlanta.

¿A eso se refería Marty al decir que aquello no era amor de verdad? ¿Le daba eso la razón, o más bien lo contrario?

Adam notó que se le humedecían los ojos y se sorprendió, si bien relativamente. Aquella herida en el pecho, aquella espina que parecía tener clavada, podía ser o no amor de verdad (lo era), pero eso no impidió que le doliera que Enzo lo dejara.

—Me rompió el corazón —dijo Adam en voz alta, delante de Karen y Renee.

Lo miraron entre el polvo que flotaba en el almacén. Nunca había hablado tan claro, jamás se había sincerado tanto con ellas.

—Lo sabemos —dijo Renee.

—Estúpido —susurró Adam para sí, enjugándose las lágrimas que le asomaban a los ojos.

—Pero él se va —dijo Karen—. Lo cual seguramente es bueno y es malo.

—Seguramente —concedió Adam.

—Además, tienes a Linus Bertulis, ¿no? —dijo Renee.

—Linus nos cae bien —dijo Karen—. Es un cerebrito.

—Un cerebrito simpático —añadió Renee.

—Creo que por hoy ya basta de hablar de mi vida privada…

—Eso espero, joder —dijo Wade, apareciendo de repente—. Si les parece que no me conviene que permita trabajar juntos a los amigos, me lo dicen y puedo reducirles el horario.

Karen y Renee se pusieron a escanear rápidamente la última de las mesas auxiliares. Adam hizo ademán de ayudarlas, pero Wade lo agarró del codo.

—Cuando hayas terminado de inventariar las armas, ven a mi despacho —dijo.

Adam mantuvo el brazo que le agarraba alejado de sí, como si fueran a ponerle una vacuna.

—Me voy a la una, Wade. Tengo cosas que hacer.

—Entonces más vale que te apresures con las armas lo más que puedas, ¿no te parece? —le dio un puñetazo en broma (pero demasiado fuerte) en el vientre y salió del almacén.

—Idiota —dijo Karen por lo bajo.

—¿A ustedes las ha hecho ir su despacho? —preguntó Adam.

Renee y Karen negaron con la cabeza.

—Empecemos con las armas y acabemos de una vez —dijo Karen, y enfundó el escáner—. Además, a nadie le importa si se extravían unas cuantas velas perfumadas.

—Diablos —dijo Renee—, odio las armas.

Ve su propia muerte, siente las manos alrededor del cuello, nota cómo reaparecen los moretones en su piel grisácea. Apoya la palma en el lugar donde sucedió. El humo asciende entre sus dedos extendidos y su garganta vuelve a atorarse al recordar el aire que no llegaba, la insoportable necesidad de tragar saliva que no podía satisfacer. El miedo era una cosa que crecía, que iba aumentando en su gaznate, aunque ¿adónde iba a ir, si tenía la garganta cerrada?

No recuerda ninguna discusión, ni hostilidad siquiera, por parte de, de, de…

—Tony —dice en voz alta, cuando las primeras llamas ascienden por sus dedos.

Como todos los adictos a la metanfetamina, Tony era un desastre, pero no se había mostrado violento. Había tenido miedo del novio anterior a Tony —Victor, un verdadero animal—, pero no de Tony. De Tony, nunca.

Tú tomaste mi reserva, había dicho Tony, las manos alrededor del cuello de ella.

—No es verdad —dice ella ahora, el fuego formando un círculo a su alrededor en la madera reseca—. Yo no la tomé

Se habían inyectado juntos. Él mismo le había dado la droga. Ella no…

Tú tomaste mi reserva, *repitió Tony, y entonces el miedo se abrió paso entre las mil pulsaciones por minuto de la metanfetamina.*

—*Voy a morir* —dice ella.

Fuiste tú, tú me la robaste.

—*No es verdad.*

Sí lo es.

Lo era. En el último instante quiso decírselo. Se la había metido en el bolsillo aprovechando el momento en que él cerró los ojos al sentir los primeros efectos de la droga, pero quería decirle que iba a compartirla, que era sólo porque la última vez él la había perdido, que era para mantenerla en un lugar seguro…

—*Y yo creo estas cosas mientras las pienso* —dice. Ahora se pregunta si eran ciertas.

Tony movió los pulgares hasta la base de su garganta para apretar mejor, con tal fuerza que ella tuvo arcadas y vomitó en lo que le quedaba de vías respiratorias cuando Tony cambiaba de posición. Ahora no podía respirar. Imposible.

Como a lo lejos, vio que Tony lloraba.

Yo te amaba, *sollozó mientras la mataba.* Yo te amaba.

¿De veras?, había pensado ella mientras el oxígeno abandonaba su cerebro, mientras una especie de agujero ardiente traspasaba su consciencia arrastrando cuanto encontraba a su paso.

Todos esos hombres cabra, *dijo Tony, desconcertante.* No creas que no los veo. Ahí afuera, junto al lago. Y cuando miras, ya no están.

El fuego se extiende a los desechos de droga esparcidos por el suelo. Prende rápido y la habitación se llena de humo, pero ella no se da cuenta.

Percibe cómo la visión que tiene de Tony se aparta de su cuerpo, la cólera ciega empieza a abandonarlo incluso bajo los efectos de la meta.

¿Kate?, *dice él.* ¿Katie?

Ve cómo retrocede con movimientos torpes y lentos, una especie de conmoción idiota se apoderó de sus facciones.

Mierda, *dice Tony.* Mierda, no.

Lo ve buscar su jeringa y volver a inyectarse; cuando le hace efecto, va a mirarla otra vez.

Todavía está muerta.

—Pero, oh —*dice ella ahora*—. Oh, oh, oh. Ya está, ¿no? Oh, oh, oh.

Ve a Tony de pie, lo ve llorar cuando le pasa las manos bajo los brazos y carga su cuerpo —tan ligera, tan aterradoramente ligera— al hombro. Tony llora mientras registra la cabaña y encuentra uno, dos ladrillos que luego le introduce en los bolsillos del vestido. Llora de nuevo al pasar entre las llamas, que convirtieron la cabaña en un averno, y sale con ella a cuestas camino al agua.

—No —*dice ella ahora*—. No.

De repente, una pared de la cabaña se viene abajo, enseguida otra, y con ella la techumbre. Ve desplomarse también la tercera y cuarta paredes; ahora se encuentra sobre unos cimientos en llamas, en el epicentro de un incendio que no puede sentir y que no devora los harapos que aún lleva puestos.

Levanta la vista y no hay nada.

—*Yo todavía no estaba muerta. Estaba viva cuando él me metió en el lago.*

—*Así es, reina mía* —dice el fauno, inaudible, apenas sin resuello a causa de la destrucción controlada de la cabaña—. *Por eso corres tanto peligro.*

Les faltaba poco para terminar con las armas. Por supuesto, las armas de verdad estaban resguardadas con candado en un sitio «seguro», y la munición se hallaba en un lugar distinto del inmenso almacén. Sin embargo, alguien con ganas y media hora por delante podía forzar la entrada y encontrar material suficiente para una matanza de proporciones considerables.

Adam y Renee se encargaban de las cerraduras dobles, y Karen de pasar el escáner por el interior de las jaulas lo más rápido posible. Por una vez, tenían que ser muy meticulosos. Si faltaba algún artículo, el asunto llegaría a manos de la policía. Claro que si descubrían que tres menores de edad estaban haciendo recuento de existencias de semejante material, eso llegaría también a manos de la policía, de modo que, a decir verdad, era una situación un tanto delicada.

—Odio las armas —repitió Renee.

—Es casa tenemos como media docena —dijo Adam. Renee lo miró con los ojos muy abiertos—. Mi padre y mi hermano suelen ir de cacería —explicó él, encogiéndose de hombros.

—Pero tú no —sonó más a orden que a pregunta.

—¿Te parezco la clase de hijo que llevas contigo cuando vas a matar algún bicho? Las primeras cuatro veces lloré; la quinta me dejaron en casa.

—Tu familia está pirada —dijo Karen.

Adam suspiró.

—Acabo de enterarme de que Marty embarazó a una chica.

Las dos se quedaron heladas.

—¿Dónde?, ¿en ese colegio supercristiano? —preguntó Karen.

—Exacto.

—La gente de moral estricta suele ser la primera en caer —comentó Renee—. Al menos es lo que dice siempre mi madre.

—Pues, mira, la chica es negra —dijo Adam—. Y guapa, guapa.

—Entonces les saldrán unos hijos *preciosos* —dijo Karen, casi como si le repugnara. El atractivo físico de Marty seguía siendo motivo de comentarios incluso años después de que hubiera terminado la secundaria.

—O feos de verdad —dijo Adam—. A veces la belleza se anula a sí misma.

—¿Y qué piensan hacer? —preguntó Renee.

—¿Tú que crees? Pues casarse, tener más hijos guapos o feos, predicar en una iglesia que opina que él es soporífero pero piensa que se ve muy bien en el púlpito los domingos —cerró la última jaula de armas cortas con Renee y pasaron a los arcos de caza—. Cuando eres guapo todo es más fácil.

Karen y Renee emitieron algunos murmullos de solemne aprobación. Ninguna había tenido muchos ligues; decían que estaban esperando a que apareciera algún universitario que hubiera «madurado un poco». Adam no sabía cómo explicarles que el único universitario al que conocía más o menos bien era su propio hermano, y que eso no auguraba nada bueno en cuanto a historias románticas.

—Diez minutos más y sales, Adam —dijo Karen mirando su teléfono—. ¿Quieres que vayamos más lento y así no tienes que ir a hablar con Wade?

—No, es mejor que vaya a verlo —dijo él, y le pasó las llaves a Renee. Los arcos y flechas no contaban ni con la mitad de seguridad que las armas de fuego—. Pero se agradece.

—¿Nos veremos esta noche en la fiesta? —dijo Renee, de nuevo con timidez.

—Claro. ¿Por qué me lo preguntas así?

Ella se encogió de hombros antes de responder.

—No sé…, es más sencillo cuando sabes que estará alguien que te cae bien.

Adam sintió como un calor en las entrañas. No había nada carnal ni nostálgico —ni siquiera erótico— en las palabras de Renee. Había dicho lo que sentía, ni más ni menos. El subidón fue tan inesperado que, una vez más, y de la manera más absurda, Adam se encontró con los ojos humedecidos.

—Sí. Allí estaré, seguro —dijo.

Se despidió y cruzó todo el almacén hasta el pequeño despacho de Wade con la sensación de que aquél había sido el mejor momento del día. Si no había logrado librarse del aguijoneo de Marty, al menos veía que la posibilidad podía llegar más tarde. La sensación duró casi un minuto, hasta que Wade se asomó por la puerta.

—Pasa y siéntate —dijo.

—¿Es necesario? —preguntó Adam.

—Me temo que sí.

Wade estaba sorprendentemente serio, de modo que Adam entró. El despacho era tan pequeño que tuvo que cerrar la puerta para poder sentarse y, cuando lo hizo, sus rodillas casi tocaban las de Wade. No pudo evitar que el paquete de su jefe atrajera su horrorizada mirada.

Adam se acomodó cuanto pudo, tratando de aumentar la distancia.

—¿Qué quieres, Wade? —dijo—. No tengo mucho tiempo.

—Ya —dijo éste, retrepándose él también y llevándose las manos a la nuca, de modo que el resto de su cuerpo quedó más adelantado todavía; Adam no tenía hacia dónde mover la rodilla izquierda que ahora Wade estaba empujándole—. Es lo que te pasa últimamente, Thorn. Siempre tienes que ir a alguna parte, siempre con prisas por salir.

—¿De qué hablas? Siempre llego a la hora. Nunca he pedido permisos. Hago todas las horas que me tocan.

—Sí, pero ahí acaba la cosa. Nunca haces de más. Las mellizas risueñas trabajarán hasta que el inventario esté terminado, salgan a la hora que salgan.

—Pero tú me dijiste que esta empresa no contemplaba las horas extra…

—No, si ellas no van a cobrar más. Lo hacen porque saben lo que es un trabajo bien hecho.

—No, lo hacen por miedo a que las despidas —dijo Adam.

Wade ladeó la cabeza.

—¿Y tú? —se inclinó al frente y apoyó las yemas de los dedos en las rodillas de Adam, no de un modo manifiestamente sexual, un modo que pudiera explicarse más tarde en caso necesario, pero de todas formas las puso donde no debía—.

Porque hace tiempo que me pregunto cuándo te veré haciendo ese extra.

Adam intentó apartarse, pero no había espacio. El aliento de Wade olía a café y avena.

—Tengo clases —dijo Adam, tragando saliva, molesto como estaba—. Y tengo que ayudar a mi padre en la iglesia.

—Y todo eso está muy bien —respondió Wade. Extendió los dedos, rozando así la parte entre las rodillas y los muslos de Adam—. Pero nosotros también necesitamos saber que contamos contigo.

—Wade, eso no es…

—Te valoramos mucho, Adam. Bueno, ya sé que tú y yo bromeamos y nos reímos juntos…

—Yo no me río —contestó Adam.

—Adam, en serio —dio dos palmadas sobre los muslos de Adam y allí dejó las manos, otra vez de forma que casi pudiera calificarse de gesto de compañerismo, de un caballero fomentando la confianza de su joven pupilo.

Pero ahora la cara de Wade estaba más cerca; Adam distinguió gotitas de sudor en su bigote.

—Esta tienda no quiere perderte —dijo Wade—. Yo, concretamente, no quiero perderte.

Adam tragó saliva otra vez.

—¿Por qué ibas a perderme?

—Recortes presupuestarios. Cosas de la economía.

—La economía está mejorando.

—Vamos a tener que prescindir de gente, Adam. Y no quiero que seas tú —las manos de Wade seguían donde antes, pero daba la impresión de que pesaban más.

—Yo tampoco quiero.

—Me alegra oírlo.

Wade seguía muy cerca, demasiado. Adam percibió ahora el olor de su cuerpo: a sudor, a colonia rancia, a algo más íntimo en lo que no quiso pensar.

—Han estado hablando de reducirte el horario —dijo Wade, casi jadeando—. Pero yo podría encontrar alguna solución... si logras convencerme de que eres el jugador de equipo que creo que eres.

Adam vio que la entrepierna de Wade había experimentado un cambio, ahora el paquete era inequívocamente más voluminoso, como si hubiera una tercera persona en el despacho. Adam había rechazado antes insinuaciones de hombres, y de no pocas mujeres. Era joven y robusto y rubio y, aunque en un nivel de belleza inferior al de Marty, joven y robusto y rubio era más que de sobra para mucha gente. En el vestidor de la alberca había hombres que parecían tener problemas para ponerse otra vez el traje de baño cuando Marty estaba por allí cambiándose. Una mujer de su ruta como repartidor de periódicos, cuando Marty tenía trece años, le había abierto la puerta en *topless*, no una sino tres veces, hasta que él se quejó con su padre. Incluso en el campamento cristiano de verano, había un instructor cuyas partes íntimas había visto Marty en más ocasiones de las que se permitía normalmente en las regaderas comunitarias, el mismo instructor que siempre «bromeaba» con lo de nadar en cueros.

Aparte de la mujer semidesnuda, siempre quedaba todo dentro de la legalidad (aunque fuera por los pelos), siempre podía restársele importancia con unas risas, cosa que sin duda haría Wade justo ahora, en este preciso momento...

—No pienso tener sexo contigo, Wade —dijo Adam.

Los ojos del encargado emitieron un destello, apenas una chispa fugaz, pero por un momento Adam tuvo la certeza de que aquel tipo iba a agarrarlo, forzarlo y violarlo en el recalentado despachito.

Sin embargo, un segundo después, Wade se echó hacia atrás.

—Qué cabroncito —exclamó entre dientes.

—¿Ya me puedo ir? —preguntó Adam, intentando que no le temblara la voz y consiguiéndolo sólo a medias.

—Entras aquí —dijo Wade, pasando por alto la pregunta—, luciendo ese culito carnoso que tienes, meneándolo delante de mis narices como una cerda en celo, incitándome a que te meta mano…

—¿Es en serio…?

—…y ahora. ¡Y ahora! —algo le pasó a su voz, y Adam tardó un momento en darse cuenta de que Wade intentaba reír—. Malinterpretaste adrede una conversación de trabajo para hacer que parezca… —Wade se limpió con un dedo el sudor del bigote— qué sé yo. Como si estuviera acosándote, o algo.

—Wade, te veo la erección.

—¡No seas vulgar! —la mano de Wade voló a su entrepierna—. Y ahora intentarás decirme que unas cuantas bromas, que ha habido siempre entre nosotros, te inducen de alguna manera a pensar que yo…

—Como me reduzcas las horas de trabajo, hablo con recursos humanos.

La cara de Wade se endureció de pronto, fue como si una cámara se hubiera acercado a un nido de avispas.

—Demasiado tarde, muchacho. Estás despedido.

—¿Qué?

—Que recojas tus cosas y te largues.

—No pued…

—¿A quién van a creer, Thorn? ¿A ti? Eres sólo un niño.

—No puedes hacerme esto.

—Puedo y hecho está.

Adam sintió una punzada de pánico en el pecho.

—Necesito este trabajo, Wade. Mi familia, mi hermano…

—Haberlo pensado antes de ir por ahí contando mentiras.

—Si yo no he dicho nada… A nadie —volvió a tragar saliva—. Por ahora.

Wade arqueó una ceja.

Adam fue consciente de su propia respiración. ¿Adónde quería llegar?

—Por favor —dijo, odiándose por ello.

—¿Estás suplicándome, Thorn? —repuso Wade con una media sonrisa. Pareció relajarse visiblemente, tenía las rodillas ahora separadas, una mano tapaba todavía la entrepierna, allí dejada con fingida inocencia.

—No puedes tratar así a la gente, Wade.

—¿A qué gente? Yo aquí no veo a nadie, aparte de un culito adolescente que sobrestima su propio atractivo. Llevo veinte años en esta empresa. ¿Crees que puedes verme la cara, Thorn? ¿Crees que ibas a salir ganando?

—Podría demandarte.

—Sí, y yo me vería obligado a contarle a todo el mundo que tu voracidad homoerótica me hacía casi imposible trabajar en condiciones seguras —Wade rubricó estas palabras con una sonrisa completa. Adam se preguntó si alguien más en el mundo se veía tan feo al sonreír—. ¿Qué crees que pensarían de eso los feligreses de La Casa en la Roca, eh?

—Qué tonto eres —dijo Adam, mascullando apenas las palabras.

—Podríamos haber llegado a un acuerdo, Thorn. Todo habría sido distinto. Pero ahora…

—Acepto el horario reducido —lo interrumpió Adam, odiándose todavía más—. Acepto una rebaja en la paga.

La mano que Wade había acomodado sobre su entrepierna dio un tirón significativo al paquete.

—¿Qué más estarías dispuesto a aceptar?

Y durante un segundo apenas, un segundo que reviviría en años posteriores, Adam consideró la posibilidad. ¿Sería tan malo? Wade no aparentaba ser de los que se tomaban su tiempo para hacer las cosas y, si acababa rápido, ¿a quién podía hacerle daño algo semejante?

A él. A Adam. Sólo de pensar en las manos de Wade tocándolo, sintió escalofríos; eso ya le parecía una violación, pero…

… si se lo merecía… (¿se lo merecía?). Si Wade había detectado en el alma de Adam —como parecía— ese punto de corrupción, ese pedacito de quebrantamiento sin arreglo posible…

«No es amor de verdad», había dicho Marty.

«Sólo estamos tonteando», había dicho Enzo.

Tal vez tenían razón.

Tal vez a las personas como él les pasaba eso.

(¿Personas como *qué*?)

—Piénsalo —dijo ahora Wade—. Si vuelves a venir aquí el lunes, sabré que tomaste la decisión correcta —se volvió hacia su computadora—. Y ahora lárgate de mi despacho de una puta vez.

Adam salió y fue a registrar salida en modo piloto automático; ni siquiera se despidió de Karen y Renee, que en ese momento estaban devolviendo el equipo de escanear. Una vez fuera del almacén se sentó al volante de su coche, preguntándose qué demonios acababa de pasar. ¿Era un ultimátum lo que su jefe acababa de darle? ¿A la gente le pasaban esas cosas?

Dudó un momento antes de teclear con los dos pulgares: «Creo que tendré que acostarme con Wade para no quedarme sin trabajo».

«Uf… —respondió Angela. Y enseguida—: Oye, no lo dirás en serio, ¿verdad?»

El teléfono le sonó una fracción de segundo después.

—¡Llama a la policía! —exclamó ella tan pronto como Adam contestó.

—Necesito el dinero, Ange. Necesito ese trabajo.

—¿Qué pasó? —él se lo contó—. Pues no vas a acostarte con Wade. Seguro que te pega alguna enfermedad tipo años setenta. Herpes o qué sé yo.

—No, claro que no me acostaré con él, pero…

—Pero nada. Lo que hizo es ilegal.

—No sé… Puede que ni siquiera haya pasado nada. Igual soy yo, que lo interpreto mal todo.

Angela soltó un grito de frustración tan fuerte que Adam tuvo que apartar el teléfono.

—¿Cómo es que soy la única persona que conozco con un poco de autoestima?

—Tienes unos padres estupendos, Ange.

—A ver, ¿dónde estás?

—Debería estar yendo a casa de Linus.

—Pasa primero por aquí. Estoy en el trabajo.

—Pero…

—Piensa en las veces que te he cubierto las espaldas, Adam.

—Siempre.

—Pues ahí está. Ok, te espero. Trae bulgogi.

Angela colgó. Adam se quedó un buen rato con el celular en la mano y luego lo tiró al asiento del acompañante; cayó encima de la rosa roja que había comprado por la mañana en el vivero de plantas.

La rosa que debía regalar a alguien, tal vez a Linus. Porque, si no era para él, ¿para quién era, entonces? Idiota, se dijo. Pero qué idiota. En ese momento la rosa le pareció vergonzosamente cursi, vergonzosamente gay, un detalle merecedor de escarnio por parte de un mundo en que gente como Wade podía hacer lo que le viniera en gana.

No quiso ni mirarla mientras se alejaba en el coche.

4

¿POR QUÉ PIZZAS? PORQUE SÍ

—¿Puedo arrancarle la salchicha? —dijo Angela, tomando un bocado de bulgogi—. Con unas pinzas, por ejemplo.

—Yo jamás te sugeriría que tocaras a Wade.

—Bueno, no sería yo. Serían las pinzas.

Adam notó que lo observaba a la espera de alguna pista, algún indicio de lo que él podía necesitar. Pero ni siquiera él estaba seguro de qué necesitaba. Primero Marty y ahora Wade lo habían dejado tan descolocado que era como cuando, en plena carrera, daba un traspié pero no llegaba a caerse y agitaba los brazos cual avestruz tratando de mantener el equilibrio con las alas a toda costa.

¿Cómo podía hoy salir todo tan mal? ¿Qué más podía pasar todavía?

Dio un mordisco a la comida. A pesar de lo enfadado que estaba, había parado un momento en el asador de los coreanos para comprar bulgogi. Los padres de Angela habían hecho un esfuerzo conjunto para que la cultura coreana siguiera presente en la vida de su hija, y les chocaba un poco que muchas veces se redujera a un por-Dios-este-bulgogi-está-exquisito.

Se habían sentado al fondo del Pizza Frome Heaven, una de las pizzerías menos afortunadas de Frome, en un pequeño centro comercial demasiado alejado del centro comercial grande al que iba casi todo el mundo. Pero servían raciones generosas y la pizza no estaba del todo mal. De hecho, tampoco es que estuviera del todo bien, pero serviría para una «reunión» en la que, en cualquier caso, la gente estaría más pendiente de la bebida que de otra cosa.

—Hay un incendio en la zona del lago —dijo Adam—. Creo que cerca de las cabañas donde asesinaron a Katherine van Leuwen.

—Pobre chica… —dijo Angela, poniéndose seria.

—Vi el humo cuando venía para acá. Espero que no nos arruine la reunión —le pasó el tazón de unicel—. ¿Kimchi?

—¡Puaj, no! —dijo ella, arrugando la nariz—. No sé cómo puedes comerte esa cosa.

—Aquí la coreana eres tú.

—Seguro que no soy la única coreana en todo el mundo que no soporta la col fermentada. Huele a perros apareándose. Oye, Adam, en serio, ¿estás bien? Porque tengo ganas de matar a alguien.

Siendo honestos, ninguno de los dos podía afirmar haber sufrido muchos traumas horribles después del accidente de coche. En general, podía decirse que eran dos adolescentes bastante normales, quinceañeros de clase media muy baja, residentes en los suburbios rurales de la gran megalópolis que dibujaba una J curvilínea alrededor del Puget Sound. Los Thorn eran una familia clerical con ínfulas y ambiciones; los Darlington eran granjeros, por el amor de Dios. Ni Adam ni Angela tenían dinero suficiente para meterse en líos que realmente valieran la pena y tampoco la propensión a meterse en el tipo de líos que podía permitirse casi todo hijo de vecino.

Ni él ni ella habían probado las drogas, aparte de la noche en que se fumaron un porro que Angela había encontrado en el dormitorio de sus padres y resultó que era alérgica al *cannabis* y los Darlington tuvieron que ir de inmediato a Urgencias. Angela, colorada de vergüenza, soportó como pudo el sermón de rigor y tuvo que prometer que cubriría todo el asunto para Adam. Ni el uno ni la otra habían contraído enfermedades de transmisión sexual; la madre de Angela regalaba a Adam más condones de los que éste podía usar; y Angela jamás había quedado embarazada ni tenido un retraso sospechoso. Era demasiado lista.

Nunca habían tenido encontronazos con la policía excepto por una multa por exceso de velocidad (Adam) y una redada en una fiesta particular (Angela). Nadie de su entorno más inmediato había padecido cáncer, esclerosis múltiple o un tumor. Tampoco tenían trastornos alimenticios ni nada que requiriera acudir al psiquiatra (al menos a uno de confianza; Adam estaba seguro de que a sus padres les habría encantado mandarlo a que le hicieran una «cura» de haber existido una posibilidad clara de tal cosa, pero hasta ellos sabían que no debían presionarlo con eso). El único drama real que habían vivido era que Adam le hubiera revelado a Angela que era gay, y de todas formas había sido ella quien en gran parte había provocado tal confesión.

Habían compartido experiencias vitales. El primer beso, el último, la pérdida de la virginidad, una bebida nueva, una película, una determinada asignatura, una pena del corazón, una ideología sobre la que pontificar, chismes, un ataque de risa salido de la nada, alguna cena respetuosa con las familias respectivas, mutua protección contra los abusones, meterle miedo al aprendiz de profe débil de carácter, el desayuno tempranero de los viernes en Denny's antes de ir a clase. Todas las cosas que importaban de verdad. Las cosas de que estaba hecho el cemento que los mantenía unidos.

Habían sido niños a la vez. Y preadolescentes a la vez. Se estaban convirtiendo en adultos al mismo tiempo. Su amistad había durado tanto y de un modo tan constante que habían cruzado todas las fronteras. Si ella lo necesitaba, él estaba allí al instante, sin preguntar nada, y viceversa. Como ahora, que Angela había acudido de inmediato. Compartían un bulgogi. Como una buena familia. O como debería ser una buena familia.

—¿Te acuerdas de la última vez que fuimos a pedir dulces en Halloween? —dijo Adam.

—¿Con la nieve? —Angela pareció sorprendida, pero también curiosa.

—Sí, qué nevada —cada seis años más o menos, Frome quedaba cubierto por un manto blanco aunque nunca tan pronto como por esas fechas, pero cuando ambos iban en sexto (estando ya a un paso de olvidarse de cosas como ir de puerta en puerta pidiendo golosinas bajo amenaza de una travesura), había empezado a nevar y no paró hasta que hubo un palmo de nieve. Disfrazados de Sookie Stackhouse y Bill Compton, Adam y Angela se vieron obligados a ponerse dos toneladas de impermeables, abrigos y bufandas sobre el disfraz—. Nos dieron un montón de caramelos y chocolates —dijo él.

—Porque éramos los únicos niños que se atrevieron a salir con tanta nieve.

—Y cuando volvimos —prosiguió Adam—, mis padres no pudieron sacar el coche para ir a recogerme y tuve que dormir en tu casa.

Angela rio al recordar lo que pasó a continuación.

—Y mi madre…

—Tu madre…

—¿A quién se le ocurre que dos adolescentes de doce años compartan un baño de pies?

—Y la cantidad de eucalipto que le echó al agua…

—Siempre que huelo pastillas para la tos me acuerdo de la bañerita.

—Amo a tu mamá. Ese día nos contó lo de la historia racista en la navidad holandesa.

—¡Ah, sí! ¡Zwarte Piet!² Ni siquiera la *hippie* de mi madre creía que hubiera racismo en ello hasta que vino a vivir aquí.

—Sí, amo a tu mamá —dijo Adam de nuevo, lo cual, como ambos sabían (sin ser siquiera conscientes de ello), era un modo de decir que amaba a Angela.

Y hablando de ella…

—Ocurre algo, ¿no? —preguntó Adam—. ¿Algo que me quieras comentar?

—Nada comparado con lo tuyo.

—Eso no importa, Angela.

2. Pedrito el Negro, el ayudante de San Nicolás en faenas navideñas. Una versión apunta a que Nicolás compró la libertad de un niño etíope en un mercado de esclavos y que el niño, agradecido, ya no se separó de él. Otra sostiene que el tal Pedro era un deshollinador de origen italiano, no se sabe si negro de tanto trabajar o debido al tipo de trabajo. (*N. del T.*)

—¿Con respecto a lo de Wade? Yo creo que ganas tú —Angela se puso de pie y se desperezó. Luego olfateó el aire y se sobresaltó al mirarse la pechera del uniforme—. Apesto a cebolla.

—Cuando venimos aquí siempre acabas oliendo a cebolla. Y no se trata de ganar o no. Sigues desviando el tema. Intentas no contarme algo. ¿Qué es?

Ella lo miró de reojo, pero pensativa. Adam vio que fruncía la nariz como ella no se daba cuenta de que lo hacía cuando había tomado una decisión.

—¿Te acuerdas de mi tía Johanna? —preguntó Angela.

—¿La que vive en Róterdam? ¿La profesora universitaria?

Angela asintió.

—Quiere que vaya a Holanda y me inscriba en ese programa que armó en su universidad.

La frente de Adam se llenó de arrugas.

—¿Quieres decir en vez de ir a la uni?

—En vez del último año de preparatoria.

Adam la miró mientras ella cruzaba los brazos a la espera de que él lo asimilara. Adam pensó que hoy estaban pegándole duro por todas partes.

El fauno no ve a tiempo el conjuro. Ignoraba que ella pudiera hacerlo de esa manera. Quizás ella también lo ignoraba, pero una vez lejos de la cabaña en ruinas —que él no tendría tiempo de arreglar, dejando así un misterio que este mundo resolvería con una explicación errónea, como siempre pasaba—, ella empieza a abrir un círculo en la hierba con una mano mientras mantiene la otra en alto hacia el sol de la tarde.

Aun inquieto como está, el fauno ha mantenido la distancia, interviniendo sólo cuando la cabaña casi se viene abajo debido al incendio que él tampoco sabía que ella podía provocar. Pero no debe acercarse demasiado, no puede entrar en el espacio de ella ni quedar al alcance de sus brazos.

Ella es la reina. Debe estar sola.

Ella empieza a girar más rápido y la oye decir unas palabras, pero no logra entenderlas.

—¿Mi señora? —balbucea el fauno, incluso sabiendo que ella no lo oirá.

Esta forma le parece torpe, como todas las formas de la tierra. Es muy antigua, la mejor que pudo encontrar en el poco tiempo que tenía. Es demasiado grande para este mundo, demasiado extraña, demasiado terrenal.

Pero es poderosa.

Ella gira cada vez más rápido; alrededor, la hierba que le llega hasta las rodillas empieza a doblarse como por efecto de un remolino.

Claro que, ¿es todavía la reina? El alma que se aferra a ella con tanto ahínco parece sorprendentemente fuerte, y el fauno sabe que estará perdida en cuanto se ponga el sol, a menos de que él pueda encontrar el modo de…

Y entonces lo ve.

Y corre.

Grita en vano: «¡No, mi señora!».

Pero el remolino de aire se eleva de la tierra, rodeándola en un embudo de polvo y hierba, y el heno que crece silvestre en esos campos…

Demasiado tarde. Cuando él llega, el embudo se desintegra y la reina se ha esfumado.

No está.

No puede haber ido muy lejos, pero en este páramo de árboles y casas hasta lo cercano se halla lejos. ¿Cómo encontrarla? ¿Cómo encontrarla a tiempo?

No hay opción, y tampoco tiempo siquiera para reprocharse a sí mismo ser tan estúpido. Es preciso encontrar a la reina y salvarla como sea, antes de que se ponga el sol. De lo contrario, morirá.

Y si muere ella, también morirá el fauno, pues ella es la línea fronteriza, el muro entre ambos mundos.

Si muere ella, morirán todos.

Empieza a correr hacia el bosque de casas, confiando en no tener que hacer más que oír los gritos.

Angela Darlington. Una chica nacida en Seúl con una madre adoptiva de los Países Bajos y un padre de nombre y apellido ingleses. Vivían en una granja en Frome (Washington), una granja de verdad, con animales de verdad y ovejas de verdad que acababan vendiendo al matadero, tema sobre el que Angela guardaba silencio para no despertar críticas entre los vegetarianos de la preparatoria. En resumen, eran una familia tan norteamericana como cualquier otra.

Claro que no del tipo de familia norteamericana que ciertas familias norteamericanas consideraban norteamericana de verdad.

—¿Dices que es holandesa? —insistía Big Brian Thorn, refiriéndose a la señora Darlington, pese a que era imposible que lo hubiera olvidado—. Gente curiosa, los holandeses —comentario que acompañaba con una sacudida del periódico que estaba leyendo—. Superliberales en todo. La marihuana. La prostitución…

—Los Darlington no fuman ni se prostituyen —señalaba Adam—. Pero es probable que votaran por los Clinton, por Bill y Hillary.

—Sólo digo que existe esa tendencia, una visión permisiva del mundo que al final acaba convenciéndolos de que prácticamente todo está bien.

—Vamos, Brian —terció la madre de Adam en aquella ocasión mientras llenaba una solicitud de empleo en su laptop—. A ti te cae bien Angela.

—Claro que sí. Lo único que digo es que es difícil desprogramarse de esa mentalidad. Ya perdí la cuenta de las veces que los hemos invitado a la iglesia —miró a Adam—. Tú podrías hacerle ver la luz a esa chica.

—Ni siquiera entiendo la frase —le decía Angela a su amigo cada vez que él sacaba el tema—. ¿Necesito que me eches una mano para ver? ¿La luz?, ¿qué luz?

—Es más bien como si yo te abriera los ojos.

—¿Porque viste a Dios cometer un crimen o algo?

—Se supone que debo iluminarte sobre mi experiencia personal respecto a lo que Jesucristo ha hecho por mí.

—¿Como hacerte gay y darte los padres ideales para enfrentarte al tema? Reconozco que al menos tiene sentido del humor.

—A lo mejor debería hacerles ver la luz a mis padres…

—¿Y eso qué tal está funcionando?

—Bueno, acordamos de forma tácita que no estamos de acuerdo.

Pero ella les caía bien a los padres de Adam, en efecto. Les gustaba su manera de comportarse, les gustaba que trabajara en la granja y en la pizzería sin quejarse, al menos aparentemente. Les caía lo bastante bien para que Adam estuviera seguro de que aún confiaban en que un día se casaría con ella, sin importar el pacto que tuvieran que inventarse en el terreno sexual.

Ellos no sabían que Angela era lo bastante liberal como para, de vez en cuando, preferir a las chicas. Sobre todo las de labios sensuales, pues ella los tenía muy finos y era el único rasgo del que se lamentaba con regularidad.

—Apuesto a que los holandeses, tanto hombres como mujeres, tienen los labios muy finos —dijo Adam ahora, en el Pizza Frome Heaven.

Y, una vez más, como ella lo conocía tan bien, ni parpadeó ante tan ilógica conclusión.

—¿Además de ser todos muy altos? —repuso Angela.

—Si vivieras allí, serías muy bajita. Todavía más.

—Tú eres alto, Adam. Conozco tu carácter y tu forma de ser. Sé cuándo tengo que alimentarte y sé cómo bramas cuando estás en celo.

—Bueno, cuando necesito aparearme, sólo me hago bolita.

—Como si no lo supiera

—¿Y si yo te necesito aquí para que me guíes en el mundo de los clínicamente bajos?

—Te las arreglarás bien sin mí, Adam.

—Uf, qué va.

—Puede que no. Y yo tampoco sin ti.

—Será como perder una extremidad menor. No sé, una mano o algo así.

—Una oreja.

—El pelo.

—Bueno, eso empezarás a perderlo pronto. Sólo hay que ver a tu papá.

Y Angela esperó, esperó para ver cómo se lo tomaría Adam realmente.

Él le indicó con un gesto que se sentara a su lado. Ella lo hizo. Se inclinaron el uno hacia el otro, hombro con hombro.

—¿Cuándo te vas? —preguntó él. Era tan alto con respecto a ella que apoyaba la mejilla izquierda en la parte superior de la cabeza de su amiga.

—El martes que viene —respondió Angela, en un tono más triste del que él deseaba oír.

—Caray. ¿Y volverás en Navidad?

—Quisiera, pero mi madre ya está hablando de pasar las fiestas en Róterdam.

—Zwarte Piet —dijo Adam.

—Igual organizo un movimiento de protesta o algo así.

Permanecieron donde estaban cuando vieron entrar al jefe de Angela, un negro alto llamado Emery que iba en el último año en el misma preparatoria que ellos y que criaba a sus hermanos pequeños mientras la madre moría lentamente de demencia senil.

—Hola, Adam —saludó Emery.

—Hola, ¿cómo está tu mamá?

—Uf, bueno. Al menos esta semana no está peor.

—Me alegro.

—Dentro de nada estaremos a tope —dijo Emery mirando a Angela—. Necesitaré que te reincorpores.

Angela asintió.

—Sólo un minuto, ¿ok?

Emery negó con la cabeza en un gesto bondadoso.

—Qué pareja más rara hacen —y los dejó allí no sin levantar dos dedos para indicarle a Angela que le daba dos minutos exactos.

—¿Me vas a extrañar? —preguntó ella.

—¿Yo? Por favor.

—Sí, claro que me vas a extrañar.

—Pero sé que no te irías si no quisieras.

En ese momento Adam no podía verle la cara, pero casi llegó a sentir que ella sonreía.

—Europa, Adam. Voy a vivir en Europa, ¿te imaginas? Un año entero —se volvió hacia él—. Tendrás que venir a verme.

—¿Y con qué dinero me pago el viaje? Me quedé sin trabajo.

—Oye, *esa* historia no ha terminado, ni mucho menos. Vendrás a Róterdam con el dinero de la indemnización que cobrarás cuando ganes el pleito por acoso sexual contra Wade.

—Porque mis padres, claro, apoyarían semejante desastre público…

Angela se levantó y se puso delante de él. Por fin estaban a la misma altura física y ella apoyó su frente contra la de Adam.

—Yo desde luego te voy a extañar mucho, Adam Thorn.

—No te faltarán holandeses superaltos para acordarte de mí, eso seguro.

—Y a lo mejor alguno es hetero —dijo ella, con un brillo nuevo en los ojos.

—Por lo que sé de los holandeses, lo dudo.

Ella hizo como que le daba una cachetada.

—Oye, mi madre es holandesa.

—¿Tú crees que habríamos sido novios?

Angela se inclinó hacia él y lo miró a los ojos. Sus pestañas casi se rozaron.

—Yo creo que habríamos sido novios, nos habríamos casado y habríamos engendrado hijos de estatura media. Para divorciarnos un tiempo después al darte tú cuenta de que eras gay.

—¿Yo siempre soy gay?

—En todos los universos posibles.

—Ok, lo entiendo. ¿Y tú siempre eres bajita?

—Salvo en los universos en los que soy Beyoncé.

—Bueno, en ciertos universos, todos somos Beyoncé.

No es una ciudad grande, pero aun así… El fauno olisquea el aire repetidamente con la esperanza de captar su rastro, pero después de mucha frustración se da cuenta de que ha estado olfateando a su reina.

Cuando, lógicamente, en ese momento ella ya es otra persona.

Se maldice por su estupidez y rememora el cuerpo de la chica muerta, aunque llamarlo «cuerpo» no deja de ser un error. Tampoco es un espíritu, exactamente, al menos a la manera de los espíritus que el fauno conoce. Los imprevisibles y celosos espíritus del lago, por ejemplo, que a veces se irritan por los dictados de la reina. ¿Pelearían por salvarla? ¿Aunque perderla implicara su propia destrucción? Una eternidad de yugo puede parecerles demasiado a algunos.

No, lo más probable es que no. Ellos amaban a la reina. Y si no, al menos le temían, que es como debería ser y como había sido siempre.

Él no permitiría que su reinado terminara. Por supuesto que no.

Y el no-espíritu-del-todo que la había atrapado tenía su propio olor. Un olor de este mundo, el mundo que había abandonado. Había sido un tránsito violento, sin duda alguna, pero no el *primero que ocurría con el lago de por medio, no el primero que tenía lugar cerca de la reina.*

Pero ese espíritu en concreto se había negado. Ella ignoraba qué y cómo estaba negando, pero había notado que una perla de sangre la llamaba —él lo sabía, pues no en vano había olido también la fragancia del destino de otro el día en que cambió—, y estaba claro que había decidido negar al suyo propio. En aquel momento de rechazo, ella había hecho que la reina volviera la cabeza...

Y la reina había sido atrapada, convirtiéndose hoy en un ser de carne. Cuando eso pasaba, el espíritu tenía sólo hasta la puesta de sol para recorrer la tierra por última vez. Solamente hasta la puesta de sol.

El fauno se acuerda del espíritu, recuerda su olor en la cabaña.

Cierra los ojos y respira hondo otra vez.

Ahí está. Es ella.

Se mueve por la ciudad veloz pero invisible a los ciudadanos, aunque éstos pueden percibirlo. A unos se les pone la piel de gallina, otros sienten escalofríos en la espalda, incluso uno que llega hasta las ingles; al fin y al cabo él parece un fauno, es basto y lascivo, se le reconoce (erróneamente) como dios menor y como (acertadamente) una ayuda a la fertilidad. Esta tarde se engendrará aquí a más de un hijo o dos.

Pero éstos no son más que pensamientos fugaces mientras pasa entre los momentos y segundos que componen las ínfimas vidas de estas extrañas criaturas quejumbrosas. Puede olerla. Hay un leve rastro de ella en la brisa, un rastro que se enrosca en hélice, demasiado tenue para el común de las narices, pero no para los más avezados sabuesos y el fauno mismo.

Nota que ella se detuvo. Siente cómo crece en el horizonte de sus sentidos. Y más allá…

Más allá, hay todo un muro de olores como el de ella.

Ella encontró su casa. Encontró a su familia.

El fauno aprieta el paso.

Ella encontró su casa. El hogar de este cuerpo, la familia de este cuerpo. El tirón es tan fuerte, las hebras de tristeza que se filtran en el aire tan oscuras y malévolas, que es asombroso que estas criaturas no puedan verlas, ver cómo envenenan la casa.

—Cómo causarán su muerte —dice, en voz alta.

Y entonces se pregunta: ¿Tan muerta estoy? ¿Es así como pasará?

Se detiene frente a un patio abandonado. En una esquina la hierba cubre casi por completo un cortacésped viejo. Hay juguetes abandonados —¿de qué niño o niña?, ¿lo sabe ella? No, no lo sabe— medio ocultos entre el césped pardusco. Hay una cerca de alambre de púas alrededor, tan baja que la salva de una sola zancada, no tanto controlando la distancia sino marcando el espacio como algo que le pertenece. Debía de haber un perro —ve una cadena, un collar—, pero Victor, el novio anterior a Tony, no soportaba al animal, que se llamaba Karl, y una noche Karl desapareció sin que Victor diera la menor explicación.

—Y sin embargo, yo no me fui —dice, molesta, inquieta.

Nota la herida que Victor le hizo en el corazón, una herida que él se encargaba de mantener fresca y sangrante, una herida en la que había puesto un gancho para mantenerla atada a él. Ella le tenía pánico. No era capaz de abandonarlo.

Hasta que un día lo hizo.

Ay, aquel día, el día en que dejó a Victor… Rechazó las drogas que le ofreció para obligarla a quedarse. No pestañeó ante sus amenazas. No sabía por qué, pero ese día en concreto él se puso hecho una furia y le gritó y la amenazó, y lo único que ella percibió fue su miedo a que lo abandonara, a que lo dejara solo con el demonio en las venas que sin duda acabaría matándolo, como sin duda la mataría a ella.

Y luego él lloró. Y ella vio a través de sus lágrimas. No eran de verdad. Victor intentaba manipularla. Una vez más. Y si no eran de verdad, tampoco lo era todo lo demás, todo salvo el miedo.

Y eso la hizo fuerte.

—*Cerré la puerta* —*dice.*

Y así fue. Había conducido a Victor hasta el umbral, una mano casi bondadosa en su espalda, y lo había hecho salir por la puerta —*sí, esta misma puerta, la que ahora tenía delante*— *y él se había volteado para decir «Katie», y ella simplemente…*

Cerró la puerta.

Por un momento fue fuerte. Por un momento esa misma fuerza la hizo temblar. Por un momento todo fue posible, un futuro, una vía para mejorar las cosas, para hacerlas bien, para salir de aquel agujero, librarse de aquellos pesos que se separaban de ella como ladrillos en los bolsillos. Durante horas, hubo posibilidades abiertas.

Y entonces llegó Tony. Con una bolsa de plástico. Cuatro meses después, él la asesinó.

Pero se había dado ese momento, cuando cerró la puerta.

Ese momento siempre estaría ahí.

La misma puerta que se abre ahora frente a ella.

La mujer gorda que aparece en el umbral la mira con los ojos tan abiertos que casi se diría que le duelen. Pero luego los ojos se cierran y la mujer se desploma allí mismo, en el umbral, desmayada.

—¿Madre? —dice la reina.

Adam y Angela habían perdido la virginidad con un mes de diferencia, aunque no lo planearon así. Angela había perdido la suya, tras mucho meditarlo, con Kurt Miller, el del bigotito de pelusa y mentón granujiento. Le gustaba pero no lo quería, una combinación que a ella le parecía perfecta.

—Así puedo tener la experiencia real con un tipo decente y ver qué tal.

—Me parece muy idealista —había dicho Adam.

—Bueno. Soy joven, ¿no?

Adam había esperado despierto a que ella lo llamara por la noche, con el celular escondido bajo la colcha. Angela no había tenido que contar ninguna mentira a sus padres; la señora Darlington sabía dónde estaba, aunque no sabría lo que había pasado hasta que pasó. Adam había estado horas cavilando sobre cómo sería aquello.

El celular se iluminó.

—¿Qué tal estuvo? —respondió Adam enseguida.

—No tenía pene de película porno.

Adam se echó a reír, como sabía que tocaba, y luego preguntó, como sabía también que tocaba:

—Anda, dime, ¿qué tal estuvo?

Y escuchó en silencio mientras Angela lloraba.

—¿Tengo que ir a matarlo? —dijo él después, en tono serio.

—No —contestó ella de inmediato—. Nada de eso. Es que tanto… tanto esfuerzo para tan poca cosa, no sé. Y duele. Carajo, Adam, ¿por qué nadie te lo explica? Duele muchísimo.

—He oído decir que a los hombres también.

—A Kurt, no.

—No me refería a eso.

—Ah. Aun así. Duele, te digo. Y es como raro. Tenía el pito como un champiñón, y ni siquiera de los grandes.

—Ya lo sé. Vamos a gimnasia juntos.

—¿Y por qué no me lo dijiste?

—Esa cosa cambia bastante de forma, Angela.

—La suya no. Apenas nada. Pobre Kurt.

—Pobre Angela.

—Francamente, no creo que hubiera podido aguantar una más grande. Siendo la primera vez, claro. Menos mal que fue superrápido.

—Oye, ¿de verdad estás bien? ¿La broma es para disimular que estás triste?

—Acertaste.

—¿Quieres que me escape?

—Adam, no puedes. Tu madre tiene la casa bajo alarma domiciliaria.

—Eso sí.

—Es que…, bueno, tampoco es que mis expectativas fueran muy altas…

—Un poquito sí.

—Ya. ¿Y tú no?

—Claro. Como el beso en *Secreto en la montaña*.

—Pues no será igual.

—Ya lo sé. Insisto: ¿estás bien?

Ella dio un resoplido antes de responder.

—Un poco pegajosa.

—¿Se portó bien Kurt?

—Sí, muy bien. No me lo esperaba. Besa fatal, pero eso se veía venir. Pero tengo que decirte una cosa, Adam. Las caricias… Las caricias son de otro mundo. Un cuerpo junto al tuyo y toda esa piel al aire, *kilómetros* de piel, nunca hubiera imaginado que alguien pudiera tener tanta piel… Y el *olor*. Es como un beso pero mucho más oscuro, digamos. Fue raro y en parte horrible y encima duele y me salió sangre y no duró nada, pero hubo momentos que…

—Ya.

—Seguro que puede ser mejor, ¿no?

—Eso dice la gente.

Adam la oyó llorar un poco más.

—Estoy muy cansada —dijo Angela—, y los lentes de contacto se me secaron por completo.

—Llámame mañana por la mañana, ¿ok?

—Obvio, antes de llamar a Kurt.

Nunca salió con Kurt. No era mal chico y no le contó nada a nadie. Angela siempre se refirió al asunto como una «excursión antropológica» de la cual guardaba un buen recuerdo, pero más por las notas científicas que había recopilado que por la experiencia en sí.

Notas que a Adam le parecieron poco convincentes cuando al día siguiente continuaron debatiendo sobre su propia virginidad perdida.

—Si eres chico, hay ciertos niveles —argumentó él—. Más aún si eres de esos a los que les gustan los chicos.

—También hay niveles si eres chica.

—Di lo que quieras, pero el mundo en general piensa que tu virginidad es una cosa, una sola y punto —aseguró Adam.

—Lo cual es absolutamente injusto y arbitrario.

—De acuerdo, pero dime, ¿tú cuándo crees que perdiste la virginidad?

—Anoche. Oh, bueno.

—Eso: oh, bueno. ¿Y yo la mía? ¿Una chaqueta cuenta?

—¿Cuándo te hicieron una chaqueta?

—¿Ves? Ésa es otra pregunta. Quiero decir, ¿y si la hago yo?

—¿Cuándo te has hecho tú una chaqueta?

Adam no respondió.

—No lo has hecho, seguro no —dijo Angela, más como afirmación que como pregunta.

—¿Quieres decir a otro que no sea yo?

—Para eso también hay una palabra muy socorrida.

—¿Y cuándo crees que se me habría presentado la ocasión?

Era verdad. Comparados con los adolescentes del cine y las novelas y la televisión, ninguno de los dos tuvo un inicio de secundaria dominado por las hormonas. Lo cual en cierto modo fue buena suerte, pues todos sus compañeros —y ellos mismos también— estaban demasiado ocupados acostumbrándose a las novedades en sus propias anatomías como para ir luciéndose desnudos delante del prójimo.

Para Adam era más difícil debido a la ausencia de candidatos. Con todo, Linus fue en cierto modo la cuarta persona con quien había tenido algo sexual, y Enzo la segunda. Entre uno y otro, hubo un manoseo con un tal Larry de su grupo juvenil en la iglesia, un chavo con la piel de un pálido asombroso y encantadoramente obeso. Había sido después de un ensayo de música. Big Brian Thorn había invitado a casa al coro juvenil. Adam se encontró a Larry llorando en su cuarto. Siete minutos y una eyaculación después, Larry volvía a llorar, pero por otros motivos: gratitud y sentimiento de culpa. A partir de entonces, Larry había hecho lo posible por evitar a Adam en la iglesia, aunque, a decir verdad, todo había sido tan inesperado que más de una vez Adam olvidaba que había ocurrido algo entre ellos.

Lo que jamás olvidó fue la verdadera pérdida de su virginidad.

Philip Matheson: un nombre casi tan inglés como Angela Darlington. Philip iba en tercero cuando Adam iba en primero, aunque sólo se llevaban dieciocho meses, y era de los pocos integrantes del equipo de campo traviesa de la prepa más altos que Adam. Y más fornido también, pero, como tantas personas voluminosas, bastante tímido por ello. Un día empezaron a hablar porque Philip —Phil, no, eso nunca— se alegró de tener a alguien detrás de quien esconderse cuando tomaran la foto de equipo.

—Tú y yo deberíamos haber sido nadadores —le había dicho Philip aquel día, mientras los menos altos los precedían portando la bandera de la preparatoria.

—Odio la alberca —dijo Adam—. Y eso que tengo los pies bastante planos.

—Sería padre poder disfrutar uno solo de las albercas. A mí solamente me gustan los deportes que puedes practicar por tu cuenta, sin compañía.

Al oír esto, Adam lo había mirado; era la primera vez en mucho tiempo que debía levantar un poco la cabeza para mirar a alguien. Philip tenía el pelo más oscuro que él y asimismo la pelusa de la barba (aunque, para ser francos, Adam carecía de algo que pudiera considerarse barba), y se puso colorado cuando Adam lo miró a los ojos, colorado de verdad.

Pasados tres meses, en una fiesta en casa de Philip, Philip se bebió una cerveza, Adam se bebió una cerveza, Philip se tomó otra, Adam también y, mientras estaban fuera, junto a la alberca que el padre de Philip había mandado construir, Philip evitó mirar a Adam a la cara al decirle: «Oye, ¿y si probáramos besarnos?».

Los siguientes noventa y tres minutos en que Adam estuvo esperando a que los invitados se marcharan mientras sopesaba los perjuicios que podía ocasionarle el hecho de saltarse la prohibición de quedarse a dormir en casa de «ese amigo tuyo al que no conocemos», fueron los noventa y tres minutos más largos de su vida.

—¿Pasa algo porque yo no haya besado nunca a nadie? —le había preguntado Adam, cuando ya estaban en el dormitorio de Philip.

—¿A nadie quiere decir a nadie? ¿O te refieres a otro hombre?

—A nadie en absoluto. Lo siento.

—Guau, no lo puedo creer —y entonces Philip lo besó. Sabía a cerveza y a lengua y a lengua cervecera, y olía a sudor y a colonia de horas antes y a chico. Sólo eso, su olor a chico era tan fuerte que el anhelo que Adam sintió en todo el cuerpo fue casi palpable; se echó a temblar sin control. Y luego Philip había empezado a desabrocharle la camisa y ahí sí que la suerte estuvo echada. Adam estaba tan estupefacto que no movió ni un dedo hasta que Philip terminó de desnudarlo, con esa extraña determinación de quien iba a terminar lo que ya había empezado, antes de que se percatara de lo que estaba haciendo y tuviera que parar. Así pues, Adam desnudo —Philip no del todo todavía—, Philip le había acariciado los brazos diciéndole: «Tranquilo». Solamente eso: «Tranquilo».

Ése fue el momento que Adam recordaría siempre, más incluso que aquel primer beso increíble: la primera vez en que estaba desnudo y, bueno, erecto delante de alguien. No había vuelta atrás, ningún chiste para salir del paso, sólo ese instante en que alguien estaba mirándosela, alargando la mano para tocársela, para cerrarla sobre ella y… lo imposible estaba sucediendo por fin.

Una cosa era estar desnudo y otra estar desnudo… así.

—Tranquilo —dijo Philip.

Todo era una novedad. Todo un estreno. Adam, claro, conocía el proceso por las películas porno, pero resultó que Philip tenía más pelo y en sitios sorprendentes. Todo era menos perfecto, pero al mismo tiempo mucho más excitante que cualquier cosa perfecta. Y la piel. Angela tenía tanta razón al respecto que Adam no pudo dejar de mirar ni siquiera cuando se besaban, hasta que Philip le tapó los ojos con dulzura.

—Estás mirando —dijo en un susurro.

—Perdona.

—Deja de disculparte.

—Perdona.

—O sea, que sí es tu primera vez, ¿eh? —Philip sonrió y luego se paró bajo la luz de manera que Adam pudiera mirarlo a placer, verlo todo. Philip no era el chico más guapo del mundo, desde luego, pero en ese momento sí era la cosa más bonita que Adam había visto jamás. Visto por completo.

—Estoy un poquito gordo, lo siento —dijo Adam.

—Yo no.

Después, recordando aquel día y con más experiencia, Adam pensó que el encuentro no pudo haber sido muy interesante para Philip, ya que él, Adam, prácticamente se limitó a estar allí acostado, inexperto y perplejo y al mismo tiempo deseando que aquello no terminara a cada desesperante segundo.

Y entonces Philip, hablándole al oído, le pidió algo:

—¿Puedo…? —no dijo más, como si le avergonzara pronunciar el verbo.

—Nunca lo he hecho.

—Bueno, no pasa nada.

—No, pero hazlo. Adelante.

—¿Seguro?

—Sí.

—¿Estás seguro, seguro?

—Creo que sí.

Philip lo miró a los ojos.

—Iré despacio y con cuidado —dijo, poniéndose un condón.

Lo hizo como había dicho. No funcionó.

—Cuando quieras, paro —dijo Philip.

—¿Puedes… puedes quedarte quieto sólo un momento?

—Claro. La primera vez siempre duele un poco.

—Entonces, ¿la gente por qué lo hace? —repuso torpemente Adam.

—Porque espera y verás. Tú espera.

140

Y Adam esperó. El dolor inicial fue menguando. Se hizo tolerable. Y luego la cosa se volvió extraordinaria. Física, por supuesto, pero también mentalmente. Estaban todavía uno frente a otro y, al ver la furiosa concentración de Philip, Adam se preguntó si él también estaría pensando lo mismo: estoy cogiendo. Estoy cogiendo de verdad con un hombre de carne y hueso.

Estoy cogiendo.

Estoy cogiendo.

Adam dijo cosas sexuales vergonzosas. Probablemente en voz demasiado alta. Pero Philip también. Y después, todavía juntos, enlazados, antes de que empezaran incluso a limpiarse, Philip lo besó de nuevo, reteniendo sus labios y su lengua durante un larguísimo momento, antes de decir: «Ojalá lo hubiéramos hecho antes».

Porque resultó que Philip, igual que Enzo y, ya hablando de eso, igual que Angela, estaba a punto de mudarse. No volvieron a estar juntos. Intercambiaron mensajes por el celular, pero más que nada de Philip deseándole a Adam que le fuera bien y despidiéndose de maneras diversas cuando se fue a estudiar a Omaha. Para Adam fue una gran decepción, claro, pero por otro lado era lo bastante listo para saber que si Philip no hubiera tenido que irse, probablemente no habría ocurrido nada. ¿Para qué correr el riesgo? Quizá Philip no le habría dicho nada y Adam se habría quedado sin nada.

Pero lo que pasó, pasó. Veintisiete días después del episodio de Angela. Y Adam la llamó a las tres de la mañana, sentado en el borde de la bañera en casa de Philip, agotado, dolorido, hecho polvo y cambiado, diferente, otra persona.

—Ay, Dios mío —había susurrado Angela, medio dormida.

—Sí —susurró él a su vez.

—Ay, Dios mío.

—Dímelo a mí.

—¿Estás bien?

—Mis padres me van a asesinar y me importa un pepino. Así de bien estoy.

—Tengo montones de preguntas que hacerte —aseveró Angela.

—Mañana.

—O sea, muchísimas.

Los padres de Adam no lo asesinaron, pero durante un mes le prohibieron salir y lo obligaron a limpiar la iglesia todos los miércoles de aquel verano. Y Angela, en efecto, le había hecho montones de preguntas, muchísimas, la mayoría demasiado anatómicas.

—Yo no te pregunté tantas cosas cuando lo de Kurt.

—Y qué. Lo hubieras hecho.

—Creo que no captas la indirecta.

—Ah, que me quieres y así.

Era verdad. Adam la quería. La quería con todo el dolor de su corazón.

El fauno la encuentra arrodillada junto al cuerpo de una mujer obesa. Se introduce mentalmente en el corazón de la mujer y ve un órgano que sigue latiendo, si bien con fallos y demasiado esfuerzo como para durar mucho en este mundo.

«Despierta, mamá —oye decir a su reina—. Soy yo, Katie.»

El fauno les borró la memoria a quienes se cruzaron con él: los vecinos de esta casa; el hombre que pasaba en coche disponiéndose a lanzar un periódico por encima de la cerca; las dos niñas con la cara sucia que habían dejado de discutir (acerca de algo así como «brillo de labios con sabor caramelo de mango») y lo habían visto acercarse, sin gritar ninguna de ellas, todavía. Había puesto las manos sobre los ojos de las niñas, devolviéndolas a su plática sobre cosméticos.

Y aquí está ahora la reina, de rodillas junto a su madre, cuando en realidad es la reina quien es madre, madre de todos ellos...

Ve que vuelve la cabeza y mira hacia el umbral en penumbra donde la mujer se desmayó

—Conozco este sitio.

Dejando a su madre allí tendida, entra en la casa. El fauno pasa por encima de la mujer obesa mientras registra su mente a fin de borrar lo que hay que borrar. Agacha la cabeza al franquear el umbral —es demasiado alto para sentirse a gusto dentro de cualquiera de los habitáculos que estas criaturas construyen para vivir— y sigue a la reina medio en cuclillas. La casa no huele a muerte, sino a pena, un olor frío y pesado que lo hace vacilar brevemente en el pequeño recibidor.

La casa está en silencio. No hay nadie más, aunque la mujer inconsciente no es la única persona que la habita. Nota el olor de un hombre entrado en años y de dos mujeres más jóvenes que estuvieron aquí por la mañana, cuyos rastros olfativos recorren como espectros las habitaciones.

El olor del espíritu posee elementos de todos ellos, pues ellos poseen elementos de la reina. Los vínculos físicos de las familias.

Pero se detiene al percibir que aquí la pena huele de dos maneras. Sienten la pena por la pérdida de ella. Pero la pena de ella también está presente. Hubo otra pérdida anterior a ésta. Hubo un vacío, que se sentía igual que la pena.

Sigue adelante, parpadeando en su cuerpo físico.

La encuentra delante de una chimenea, aunque hace meses que no se enciende lumbre. Sobre la repisa de la chimenea hay varias fotografías.

Hay fotografías de ella.

—¿Por qué sonríes? —preguntó Angela, asomándose a la sala de personal.

—Estaba acordándome de Kurt Miller —dijo Adam.

—Un buen tipo. Me dio pena que se fuera.

—No tanta como para ser amigos en las redes sociales.

—No estoy desesperada.

—También pensaba en Philip Matheson.

—El chico que desvirgó a Adam —dijo Angela—. Parece que alguien está buscando consuelo físico.

—Si eso ayudara a no pensar en Wade…

Angela se sentó otra vez a su lado.

—Tengo que volver, pero… No pasa nada si no te sientes bien, ¿entiendes? —dijo Angela.

—Ya lo sé. Estoy contento por ti, pero soy lo bastante egoísta para estar triste por el mismo motivo.

—¿Y Wade?

—Por él no estoy triste en absoluto.

—Adam…

—No puedo perder el trabajo. De cualquier manera, pagar los estudios iba a ser muy complicado…

En ese momento le sonó el celular. Un mensaje de su hermano Marty. Angela lo leyó también. «No persiste en su ira, sino que halla placer en la misericordia. Miqueas 7.18.»

—¿A quién se le ocurre citar a Miqueas? —dijo Adam.

—Y el sujeto de la frase, ¿quién se supone que es? —preguntó Angela.

—Está diciendo que lo siente. Me parece, creo. Marty tiene el coco comido con la religión, pero en el fondo no es la peor persona que conozco.

Angela suspiró.

—Ve a ver a Linus. Quítate de encima a Wade con unas cuantas caricias. Luego nos vemos.

—¿En una fiesta de despedida que ahora incluye a más personas que se van?

—Si quieres, nos zampamos las tres docenas de pizzas en mi casa.

Adam la miró con una sonrisa triste.

Ella le devolvió la misma clase de sonrisa.

—No me extrañes aún, Adam. Anda, vete. Ya arreglaremos todo este rollo, pero no hagas esperar a Linus —y luego dijo algo que él sabía que la señora Darlington solía repetirle a su hija—: Nunca pierdas la oportunidad de besar a alguien. No hay cosa de la que uno se arrepienta más.

Hace ademán de tocar las fotografías, pero se detiene.

—Ésa soy yo —se oye decir, en un susurro de asombro—. Ésa es la que yo era.

Ésa era ella, piensa la reina, y por un momento la separación es patente, por un momento casi puede ponerse detrás de ese cuerpo y verlo, mirando las fotos. Siente su propio poder, un poder agitado e hirviente, el de las aguas del mundo, el poder que sólo rinde cuentas ante la luna, el poder que podría arrasar esta casa, destruir este cuerpo, destruir esta ciudad, si tal cosa pudiera ser factible otra vez.

—¿Qué? —dice la reina con su propia voz—. ¿Cómo he…?

Y ese espíritu fugaz, ese espíritu débil y fugaz que no debería afectarle en absoluto, ese espíritu la rodea de nuevo, la ata, parece incluso ajeno a su presencia salvo como vehículo de sí mismo, y la reina olvida en el instante en que se reintegra al cuerpo que la acoge.

Echa un vistazo a las fotos. No hay ninguna de ella con las manos que la mataron; ninguna en la que se vean los moretones en la garganta.

—Yo aquí fui desdichada —dice. Y a raíz de esa desdicha salió y encontró, no felicidad sino adormecimiento, que es lo que consideraba su única otra alternativa.

Sabe por qué vino a este lugar. A su casa. Que ha tirado de ella. Mientras las manos de Tony estaban estrangulándola, mientras notaba cómo la sangre le hervía en las sienes de un modo que aseguraba un daño irreversible, incluso al despertar en el cieno del lago durante esos últimos segundos de vida, cuando se ahogaba, con los pulmones llenos de agua, incluso entonces pensó en su casa. Pensó en este lugar.

Comprende su error.

—Ésta fue mi casa —dice—, pero ya no lo es.

El fauno apenas si tiene tiempo de quitarse de en medio cuando ella regresa y se va, todavía sin verlo...

(Aunque por un momento, sólo por un momento...)

Ella pasa por su lado camino a la puerta delantera, donde yace la mujer...

Mujer que ahora vuelve en sí...

—¿Katie? —pregunta, convencida de que está soñando.

—Katie está muerta —dice la reina sin mirar atrás, alejándose hacia el mundo.

Al fauno no le queda más remedio que seguirla.

5

LINUS A LAS 2 EN PUNTO

Segunda ducha del día. Adam estaba bajo el chorro de agua en el baño de Linus, aspirando el vapor, quitándose del pelo el olor del Evil International Mega-Conglomerate, el olor del despachito de Wade, el olor del propio Wade —aunque, seamos sinceros, también el olor a pizza y bulgogi.

Linus apartó la cortina de la regadera y se asomó. Los lentes se le empañaron al momento.

—¿Estás bien?

—Sí —contestó Adam.

—Angela tiene razón, ¿sabes? —dijo Linus, quitándose los lentes y parpadeando con sus grandes ojos semiciegos de un modo que a Adam le parecía encantador—. Tienes que denunciarlo.

—¿Y si lo hablamos en otro momento?

—Claro.

—Es que estoy desnudo —dijo Adam— y tú eres demasiado guapo para ser verdad.

Linus mostró su sonrisa de muchos dientes, que parecía sacada de Broadway, pero que a él le salía totalmente natural, y para la que no había necesitado brackets.

—Tú no estás mal del todo —dijo—. Bueno, quiero decir visto así, medio borroso por el vapor. ¿Seguro que no quieres compañía?

—Ahora no, pero quizá pronto —el agua le resbaló por los hombros hacia el vientre blancuzco y ya un poco redondo. Un primer aviso de que tendría que luchar contra ello toda la vida—. Angela se va a Holanda para terminar la preparatoria en un programa que dirige una tía suya.

Linus se quedó boquiabierto.

—Qué mañana más atareada, la tuya —dijo.

—En cierto modo, me alegro por ella.

—¿Y en el otro modo?

Adam abrió los ojos bajo el chorro de agua caliente: Linus seguía pestañeando.

—Tú procura no mudarte un día de éstos, ¿de acuerdo?

—No tengo nada planeado.

—Estupendo. Supongo que pasaré el resto de mi vida en Frome, o sea, que… bueno, si alguno de ustedes quiere venir a verme alguna vez…

—Lo superarás. Nos pasa a todos. Cualquier gay necesita vivir unos años en una ciudad costera. Es como una ley.

Adam respiró hondo y luego dijo:

—Voy a dejarte sin agua.

—Vivimos en el estado más lluvioso de la Unión. Ya nos las arreglaremos.

—¿Crees que me pasa algo, Linus?

—¿Que eres poco amante de la depilación?

—Uf, eso no me interesa. No soy Barbie.

—En eso sí te doy la razón. De Barbie no tienes nada.

—Hablo en serio.

—Y en modo autocompasión, ¿no?

—Perdona.

—Perdonado. Has tenido un día francamente jodido y son sólo las dos de la tarde —dijo Linus—. Mira, no creo que te pase nada que no le pase a cualquiera. Y nada tan grave como para que yo piense que con tu grandote, y no depilado, cuerpo desnudo estés gastando el agua caliente de la ducha mientras mis padres están ahí afuera jugando softball.

Adam sonrió levemente y luego inclinó la cabeza y le dio a Linus un beso con lengua.

—Nada tan grave como para no enamorarme de ti —dijo Linus.

Adam se pasó la lengua por los labios para sentir el ligero sabor a café que Linus le dejaba siempre.

—Yo también te amo —dijo.

La chica a la que encontraron está sin duda bajo los efectos de alguna droga. Tiene los ojos abiertos, respira, pero no ve ni a la reina ni al fauno cuando éstos se aproximan al sofá donde yace.

—Tú eres Sarah —le dice la reina, no como saludo, sino como un hecho.

La chica lo oye —de alguna forma— y sus ojos se mueven perezosos hacia la reina, aunque ¿cómo saber lo que de verdad está viendo?

La reina precedió al fauno en una infalible línea recta que no tuvo en cuenta linderos o paisajes. Atravesaron calles y casas y sólo dieron un rodeo ante un obstáculo que les habría llevado demasiado tiempo superar. Todo ello a plena luz del día y cuando la mayor parte de esas criaturas está disfrutando de su ocio. El fauno todavía necesitó borrar muchos y variados recuerdos. Empieza a desesperarse. ¿Qué más da si los ven? A fin de cuentas, si no puede salvar a la reina, todo estará perdido.

Llegaron a una casa. Esta casa. Una casa con un olor tan fuerte a enfermedad que el fauno tuvo que esforzarse para entrar.

—Tú eres Sarah —dice de nuevo la reina, arrodillándose frente al sofá, tomando la mano de la chica.

Y de repente, como caída del cielo, el fauno ve una oportunidad.

Ella siente tanto amor por la chica que casi tropieza. Sarah. Esta persona, esta amiga, este hogar…

Lo había sabido después de ver a su madre, después de volver a ese lugar de silencios o gritos pero nada intermedio, un sitio donde más de uno de los novios maternos le había puesto las manos encima, un sitio donde —cuando se lo contó a su madre la primera de las muchas veces— su madre le había pegado por mentirosa. Todas estas imágenes vuelven ahora a su mente con una suerte de claridad líquida. Porque todos esos años ella estuvo aquí dentro, de alguna manera lo consideraba su hogar.

La muerte fue necesaria para verlo como lo que realmente era. La boca de un depredador.

Pero esto, esta casa, esta chica, esta Sarah, incluso vistas desde fuera, incluso desde más allá de los límites de la enfermedad y la ceguera que la atan aquí…

Esto, esto es su casa. Su hogar. Aquí había encontrado amor, incluso refugio cuando lo necesitó. ¡Ay, si hubiera sido capaz de verlo antes! Quizá podría haber salvado a su amiga. Quizá salvarse a sí misma.

La reina adelanta un brazo, toca la mano de Sarah.

Sarah despierta. Y ve a la reina.

Linus Bertulis es un nombre lituano, y eso que sus antepasados llevaban más tiempo en Norteamérica que los de los Thorn. Linus Bertulis siempre tenía las mejores calificaciones en la escuela preuniversitaria y estudiaba la mitad de las asignaturas en la propia universidad porque iba muy adelantado con respecto a sus compañeros. Linus Bertulis, a quien Adam deseaba tanto amar que casi le causaba dolor físico.

Linus era guapo, eso no podía negarse. También era un cerebrito, como decían Renee y Karen, pero la condición de cerebrito —como tener la nariz grande o un poco de barriga— nunca fue obstáculo para la guapura. Usaba lentes de pasta negra, tenía una espesa mata de cabello castaño que ya empezaba a mostrar señales de recesión atractiva y vestía de un modo formal y anticuado, al que sólo le faltaba (y no siempre) el detalle de una pajarita.

Adam jamás podría presentar a Linus a sus padres. Era un chico educado, afable, risueño y levantaría tantas sospechas que sus padres acabarían enviando a Adam a Turkmenistán en viaje misionero sólo para mantenerlo lejos de Frome hasta que se graduara.

A Linus le gustaban las mismas películas de terror que a Adam y Angela, sus lecturas se limitaban casi en exclusiva a tremendos tomos de literatura fantástica con cubiertas de elfos seductores, y además era un competente bailarín de salón. De veras. Bailaba con una tal Marta, italiana, e incluso habían ganado uno que otro premio. Eso significaba que, bajo el saco y el pantalón hecho a la medida, escondía un trasero absolutamente extraordinario. Tal cual. Adam se maravillaba de cuán extraordinario era cuando le ponía las manos en las nalgas.

Como en aquel preciso instante.

—Creía que antes íbamos a comer algo —dijo Linus, cuando ambos estaban tumbados en su cama.

—Comí bulgogi. Tienes un culo maravilloso.

—Para ser bailarín de salón se requiere buena musculatura.

—Tú tienes más músculos que yo. Pero por mucho.

—Los chicos de educación física siempre se sorprenden. Pero si hace falta, tú puedes correr diez kilómetros seguidos.

—Gracias a lo cual tengo muslos, pero no trasero.

—Sí, pero con uno de tus muslos podrías partirme un brazo.

—Deberían añadir esta prueba a las competencias de baile: enroscamiento de muslo.

—No sé adónde quieres ir a parar con esto —dijo Linus, mientras sonreía.

Para gran sorpresa de Adam, había sido Linus quien dio el primer paso. En Frome todo el mundo conocía a todo el mundo, o casi, y ellos dos, aun sin haberse tratado, se conocían desde segundo, pero habían frecuentado pandillas diferentes. Bueno, suponiendo que pudiera considerarse «pandilla» a Angela. Poco amante de los estereotipos, Linus estaba en el club de ajedrez, pero no en el de teatro, aunque sí tenía chorromil amigas. Además, su exótico nombre parecía resultar divertido a los mayores de cuarenta, pero los otros adolescentes lo asimilaban sin inmutarse. Era necesario en un mundo lleno de Briannas y Jaydens, pero además Linus sabía portar su nombre. Si alguien podía llevar con éxito un nombre como el suyo en una ciudad pequeña como Frome, ése era Linus.

Linus ni siquiera tuvo que salir del clóset. Cuando era estudiante de segundo año, llevó a un chico —un chico de otra escuela, pero chico al fin— al baile de fin de curso (después de conseguir una entrada por medio de su encanto) y la única persona de la preparatoria que llegó a parpadear fue la muy cristiana recepcionista, la cual escribió una carta a los padres de Linus, quienes a su vez le escribieron otra explicándole con todo detalle la demanda que pondrían contra ella y contra el distrito escolar si intentaba discriminar a su hijo una vez más.

Ése era un mundo posible y embriagador que Adam veía como a través de un velo, un mundo inalcanzable. Desesperadamente cercano y a la vez tremendamente lejano… Porque el baile de fin de curso había acabado provocando un (muy) discreto furor entre los predicadores evangelistas de Frome, que no eran legión pero casi. Sin embargo, fue Big Brian Thorn —que siempre vigilaba a los feligreses de El Arca de la Vida— quien vio una buena oportunidad de definir una postura lo bastante extremista como para captar la atención del personal. Durante hora y media, Adam tuvo que aguantar un sermón que no podía haber estado dirigido sino a él, por más que nadie en todo el edificio (aún menos su padre) lo habría reconocido. «Si ése fuera mi hijo, lo esperaría a la salida con el cilicio puesto y cubierto de estiércol.» Eso dijo, ni más ni menos. Tal vez Adam no debería haber pensado entonces que, a fin de escenificar dicha protesta, su padre tendría que haber dado antes permiso a su hijo para acudir al baile con otro chico. Sea como fuere, el trayecto de vuelta en coche transcurrió en un elocuente silencio.

Era además el motivo principal (uno entre muchos) por el que los padres de Adam no sabían de la existencia de Linus en la vida de su hijo. Por suerte, no habían escuchado el nombre de Linus, y menos mal que Angela sabía inventar todo tipo de excusas.

Linus se había encontrado a Adam en una hamburguesería de la cadena Red Robin, donde éste había quedado de verse con Angela. Hacía sólo unas semanas que Enzo había dado por concluida su relación de manera especialmente incómoda, pues Adam se hallaba ahora en situación de llorar la pérdida de algo que, en teoría, ni siquiera había existido.

—¿Estás bien? —le preguntó Linus, de la nada.

Adam ni siquiera lo había visto entrar. Estaba de espaldas a la entrada sosteniendo una limonada de frambuesa, en una especie de limbo de inmovilidad hasta que Linus apareció de repente al otro lado de la mesa.

—Pareces molesto, o algo. Como perdido…

—No, estoy bien —contestó Adam, un tanto desconcertado porque un chico le hablara de ese modo, cuando sólo oía frases parecidas de boca de chicas o de sí mismo—. Estoy esperando a alguien.

—¿A Angela Darlington?

Como siempre que alguien demostraba conocer aunque fuera un minúsculo detalle de su vida, Adam se sorprendió.

—Sí.

—¿Se te antoja hablar de algo en especial antes de que llegue? —le preguntó amablemente Linus—. No pareces muy feliz que digamos.

—Oye, Linus, tú y yo apenas nos conocemos.

Linus vaciló, pero Adam se dio cuenta enseguida de que iba a insistir.

—Más de lo que tú piensas, ¿no crees?

Adam reflexionó sobre estas palabras, ¿hasta dónde pretendía llegar Linus? No lo presionó, sino que aprovechó el momento para echar un vistazo al local, a los barandales de latón, al cuero color café de los gabinetes, brillantes por la grasa acumulada tras un millar de noches de hamburguesas y papas fritas. Luego, cerciorándose de que nadie los oyera, se inclinó hacia Adam con gesto preocupado.

—Sé por qué estás triste —le dijo en tono dulce—. Sé por qué tienes miedo.

—Yo no tengo miedo.

—Mentiroso —repuso Linus, sin variar el tono—. Pues yo sí. Todos los días. Y si para mí es tan duro…

—Cómo no lo será para el patético Adam Thorn, ¿verdad? —la voz de Adam tenía un dejo de vehemencia.

—Bueno, pues sí. Quitando lo de «patético». Nadie elige a su familia. Ni los sermones que nos sueltan.

Adam se sobresaltó.

—Dios santo, ¿te enteraste?

—¿Crees que las redes sociales no me habrían puesto al corriente? —hizo un gesto desechando la idea—. La cosa duró sólo una semana, pero en ese tiempo no hice más que pensar en cómo te estaba afectando.

—Linus…

—Ah, y tampoco elegimos las personas a las que queremos. Nosotros no hacemos que se comporten como imbéciles.

A Adam se le revolvió el estómago tratando de adivinar cuánto sabía Linus y cómo lo había averiguado (luego resultó que sabía lo que casi todo el alumnado de la preparatoria, que era mucho, pero también resultó —en ese mundo posible pero inalcanzable— que Adam le caía bien a la mayoría de la gente, o no le deseaban ningún mal en especial y por eso lo dejaban estar triste en paz. Pensarlo ahora le causó mareo, lo hizo sonrojarse y le dio ganas de taparse con una manta y morirse de una vez para siempre), pero cuando miró a Linus, no vio en él malicia ni ganas de chismear, sino a alguien que podía entenderlo de verdad. Había oído decir que las únicas personas capaces de tratar el trauma de sobrevivir a un accidente de avión eran otros supervivientes de accidentes de avión. Sólo podías confiar instintivamente en alguien que hubiera estado en esa situación, que lo hubiera vivido en carne propia.

Entonces Linus —y eso fue justo lo que hizo, tal cual— alargó el brazo por encima de la mesa y puso su mano sobre la de Adam, un gesto extrañamente anticuado que encajaba con todo lo extrañamente anticuado que tenía de por sí Linus Bertulis.

—No —dijo—, supongo que en realidad no nos conocemos bien. Pero quizá…

Se interrumpió, mientras Adam contenía el aliento.

—Mira, es que estoy esperando a Angela —dijo.

Linus volvió a sonreír.

—Angela es increíble.

—Sí.

—Y si es amiga tuya, entonces tú también eres un poquito increíble.

—Ya no estamos en la primaria, Linus.

Éste se echó a reír.

—Esto empieza a parecer un corto de la serie *Schoolhouse Rock*, ¿o no?

—Un poco.

—Adam… —por primera vez, Linus apartó la mirada, desplazó la mano y tamborileó con los dedos en el vaso de refresco de Adam— … eres… —alzó la vista y volvió a bajarla—, eres un tipo grande y hermoso. Transmites la sensación de alguien que intenta esconder sus heridas, unas heridas que no te mereces aunque quizá creas que sí —levantó la vista de nuevo—. Yo apuesto que no. Te apuesto lo que quieras.

Pero Adam, que había empezado a ruborizarse intensamente al oír la palabra «hermoso», sólo estaba pensando en disimular ante Linus.

—No estoy aprovechándome de que ahora seas vulnerable —dijo Linus—. Que te quede claro. No es mi estilo —se encogió de hombros—. Pero siempre me has parecido simpático. Además de guapo. Y sólo… —volvió a tamborilear en el vaso de Adam, a quien le sorprendió notar cierta vacilación en la voz de Linus—. Sé lo que se siente. Sé cómo se siente todo eso.

—Hola —Angela acababa de aparecer junto a la mesa—. Qué tal, Linus —añadió, pero miraba muy seria a Adam.

—Hola, Angela —saludó Linus, levantándose enseguida.

—¿Qué hacías? —le preguntó Angela.

Linus se quedó quieto, respiró hondo, miró a Adam.

—Lo estoy invitando a salir. Cuando él quiera. O, ya sabes, a pasar el rato.

Con un leve gesto de despedida, Linus se alejó, pero no regresó a su mesa. En realidad, estaba esperando a que su hermana terminara una entrevista para un trabajo como mesera en el local. Ella obtuvo el empleo; Linus, al final, salir con Adam.

—Me arden los ojos —dice Sarah, y con razón. Está viendo a la reina en toda su gloria sin filtros, algo que se supone que nadie debería ver, menos aún alguien de la especie de Sarah, y menos tan de cerca. Quedará ciega en cuestión de segundos si no aparta la mirada.

Y es que, ahora, al fauno no le importa lo que pueda pasarle a esa pobre mortal.

Porque aquí está la reina, aquí está.

—Mi reina —dice—, ¿puede oírme?

—¿Dónde estoy? —pregunta ella, y el corazón del fauno se regocija—. ¿Qué lugar es éste?

—Está atrapada, mi reina. Este espíritu la ata aquí…

—Este espíritu me ata aquí —sigue mirando a Sarah, que empieza a gemir de dolor—. Este espíritu me ata a este lugar, a este cuerpo —la reina mira al fauno. Sarah respira aliviada—. ¿Cómo se atreven? ¿Qué los lleva a suponer que…?

Y desaparece una vez más al soltar la mano de Sarah.

Pero durante un momento…

Durante un momento ella volvía a ser ella, pero no consigue recordar quién era, o es, esa persona. De nuevo está en compañía de este espíritu, el espíritu que la tiene apresada.

El espíritu que vino en busca de su verdadera casa.

Con la esperanza de…, piensa la reina. Con la esperanza de que eso la libere.

Pero ¿es la única que necesita liberarse? ¿Y por qué este sitio y no otro? ¿Por qué esta persona que ahora se frota los ojos y se queja en el maloliente sofá, vestida con prendas que desde hace mucho no han visto el jabón? Lo que un momento antes parecía tan diáfano, se ha vuelto turbio.

—¿Por qué estoy aquí? —dice en voz alta, y esta persona, este ser humano, esta Sarah, la oye.

—¿Para castigarme? —pregunta, con voz atragantada de temor.

—No fuiste tú quien me mató —contesta la reina.

—Oh, Katie —Sarah se echa a llorar y respinga por el escozor de las lágrimas en sus lastimados ojos—. Nunca debí meterte en esto. Es culpa mía, qué estúpida fui.

—Tú eras mi hogar —dice la reina, recordando ahora este detalle, tratando por todos los medios de rememorar la sensación que iba ligada a ello—. Eras mi mejor amiga.

—Y tú la mía, Katie —dice Sarah, sollozando, y luego repite—: Nunca debí meterte en esto.

La pregunta surge en la reina, en el espíritu, enroscándose alrededor de la trenza que las dos mujeres hacen juntas, este nuevo ser creado por la combinación de ellas dos; la pregunta surge y se impone hasta que se hace necesario, absolutamente imprescindible, formularla…

—¿Fue culpa tuya? —le pregunta la reina a Sarah, y de verdad no lo sabe.

Pero matará a cualquiera que asuma esa culpa.

Aquí. Ahora. Otra vez. El motivo principal de la visita a las dos en punto. Bueno, no el único motivo, pero las oportunidades seguían siendo más infrecuentes de lo que la gente pensaba, de modo que si podían las cazaban al vuelo.

Y con Linus fue diferente, mucho.

Para empezar, estaba la cuestión de la estatura —algo que no era posible pasar por alto, así que no lo hicieron—, pero lo manejaban mucho mejor de lo que daban a entender las preguntas de Angela.

—¿Cómo haces para no pegarte en la cabeza todo el tiempo? ¿No se te cae de encima a veces?

—Tú saliste con Chester Wallace —respondía Adam—, que mide casi un metro más que tú.

—Sí, pero me lo tomaba como si fuera una carrera de obstáculos —dijo Angela—. Unas veces tienes que saltar, otras que agacharte, y al final trepas por la cuerda y a todos les toca una coca light.

—¿Por qué sonríes? —le preguntó ahora Linus, sonriendo él también un poco.

—Por nada, sólo que… imagínate cómo saldríamos en las fotos.

—No habrá fotos. Nunca.

—No, no quiero una foto…

—Porque esas cosas se quedan. Un día tendremos una presidenta que se llamará Hayden y llevará un sol tatuado en la nuca, y será la mejor presidenta que este país haya tenido jamás, pero el cuarto día de su mandato alguien va y encuentra unas fotos que se tomó después de una manifestación con ese activista barbudo y simpático, que le dijo que no creía en guardar recuerdos, pero que tomar fotos lo «prendía» y que de veras las borraría después porque la respetaba muchísimo.

Otra diferencia Linus-Enzo.

—¿Cómo lo haces?

—¿Qué?

—Concentrarte en dos cosas a la vez.

Linus se inclinó torpemente para besarlo en los labios.

—Sólo estoy concentrado en una, Adam.

Comparado con Enzo, el sexo con Linus era como de otro mundo. A Enzo no le gustaba hablar, a Linus le encantaba. Y eso a Adam, cosa curiosa, le gustó bastante. Las vibraciones también eran muy distintas. Con Enzo había momentos de verdadera desesperación (Adam no encontraba mejor palabra). *Tenían* que hacerlo; *tenían* que quitarse la ropa el uno al otro; Enzo *tenía* que penetrarlo (las pocas veces en que había sido al revés, no hubo ningún «tengo que», sino largas negociaciones y un proceso tan clínico que al final Adam ni siquiera lo disfrutó, lo cual, visto en retrospectiva, tal vez era lo que Enzo esperaba).

Pero con Linus siempre había sonrisas. Siempre. Como si un simple beso fuera algo agradablemente secreto. Como si una mano en el trasero de Adam fuera una insinuación casi anticuada (lo mismo que la palabra «trasero»). Como si Linus estuviera haciéndolo cómplice de la cosa más divertida y más curiosa que dos chicos podían hacer juntos.

Con Enzo nunca había sido divertido. Enzo era rudo, avasallador, agresivo de un modo que Adam jamás se habría atrevido a ser (y Linus tampoco). Enzo nunca habría parado para preguntarle a Adam si le dolía, jamás, simplemente suponía que Adam iría habituándose, que le gustaba así. Y a veces era cierto. Pero otras no era divertido en absoluto. A veces el dolor no remitía, y entonces Adam cerraba los ojos esperando a que Enzo terminara, esperando hasta oír aquel gruñido típico antes de que Enzo se derrumbara, jadeando, sobre su espalda. Después se salía, sujetando el condón con dos dedos para luego quitárselo, tirarlo al bote de basura junto a la cama y tumbarse mientras Adam se las arreglaba él solo para acabar.

¿Era justo? No, no el comportamiento de Enzo, sino el recuerdo que Adam tenía de ello. ¿Se ajustaba a la realidad? ¿O ahora que todo había pasado trataba inconscientemente de presentarse al mundo como la víctima? Adam, a decir verdad, no lo sabía. Pero cuando se masturbaba en casa todavía se odiaba por pensar más a menudo en Enzo que en Linus.

—Ya estás con la cabeza en otra parte —susurró ahora Linus—. Te necesito aquí.

—¿Por qué hablas en voz baja? No hay nadie más en la casa.

—Sí, pero… —Linus empujó con suavidad pero más a fondo. Adam tomó aire otra vez—. ¿No ves esto como nuestro pequeño mundo particular?, ¿un lugar propio, para nosotros dos, separado del resto de las personas pero también de la vida en general? —empujó más—. Como si el tiempo se detuviera. Como si se hubiera detenido y...

—... ¿y? Dios, eso se siente bien.

—¿Sí?

—Sí.

—Adam —dijo Linus sin más, al tiempo que apoyaba la cara en el pecho de él, rozando con la nariz los pocos pelos rubios que le crecían ahí. Luego lo besó en el espacio entre sus pezones, inspirando hondo, aspirando el olor de su piel. Linus tenía la mayor parte de la mitad superior de su cuerpo entre las piernas dobladas de Adam, y éste los tobillos cruzados sobre la espalda de Linus. Adam bajó un pie hasta la base del trasero de Linus, que, como se ha dicho antes, era de una belleza casi dolorosa. Y, por lo demás, Linus lo compartía de manera mucho más democrática que Enzo. Tampoco es que la penetración fuera siempre el objetivo. Había muchas otras posibilidades. Muchísimas. Aparte de que Linus era de miras mucho más abiertas que Enzo en cuanto a gustos.

Y Enzo definitivamente no tenía culo de bailarín.

—Eres tan guapo —susurró Adam, en voz aún más baja que Linus un momento antes—. Diablos, Linus, eres precioso —Linus volvió a besarle el pecho; Adam le tomó la cara con ambas manos—. Lo digo en serio —recorrió suavemente con los pulgares las mejillas de Linus, justo bajo sus lentes (que se dejaba puestos, algo que a ambos les gustaba, en especial a Linus, porque así veía mejor), y descendió hasta las comisuras de sus labios.

—Ojalá fuera tan alto como tú para besarte así —dijo Linus.

—Lo que estás haciéndome ahora mismo no está nada mal, te lo aseguro.

Estimulado, Linus empujó de nuevo, hundiéndose más.

—¿Un poco más rápido? —preguntó.

Adam asintió. Sí, buena idea. Un poco más rápido estaría muy bien.

Y esto era, precisamente, lo que había que echar en cara a los Wade habidos y por haber, lo que Wade jamás entendería. Y Marty tampoco. Ni siquiera Enzo, probablemente, pensándolo bien. Porque tenía que ver con mucho más que con el simple cuerpo. El cuerpo, evidentemente, era muy importante. Pero ni Wade con su vulgaridad, ni Marty con su negativa a ver más allá de su propia nariz, ni Enzo con aquello de poner límites y ser «sólo amigos», ninguno de ellos veía lo que había más allá de lo físico, igual que tantísima gente cuando algo escapaba a lo que se consideraba socialmente normal.

Pero aquí, ahora, de nuevo, estaba en juego algo más que el cuerpo, o la mente, o la personalidad. No es que fuera algo sagrado, pero en cambio sí algo que sólo podía alcanzarse aquí. Él lo había alcanzado —desde distintos ángulos y en diversos grados— algunas veces con Enzo, con Philip Matheson, incluso con Larry, el del coro de adolescentes. Pero nada como cuando podía alcanzarlo con Linus.

Entonces ¿por qué? Por qué por qué por qué…

Mira a Linus, míralo bien, mira el remolino de pelo ahí donde se divide en dos sobre su cabeza, mira la mano que recorre el abdomen de Adam, mira el pliegue del codo donde le queda una pequeña línea blanca entre la piel bronceada por el sol. Míralo, por favor. Míralo hacerle el amor a Adam.

—Te amo —dijo Adam. Se lo dijo a Linus.

Linus le guiñó el ojo con gesto travieso.

—Decirlo durante el sexo no cuenta —pero entonces notó las lágrimas en los ojos de Adam y, con dulzura, se las enjugó—. ¿Adam?

—No me dejes sin haberme amado —respondió Adam y, abrumado de vergüenza, lloró un poco más.

—La culpa —repite la reina—. No dejo de buscarla. ¿Dónde está? ¿Dónde está la culpa?

El fauno camina alrededor de ella para tratar de calmar a Sarah, que continúa llorando, sin duda temiendo cada vez más que, al final, esto tal vez no sea un sueño producto de las drogas. Él no lo hace por compasión, pues desde donde está le llega el olor de su fragilidad, sino porque esta persona ejerce cierto poder sobre el espíritu que atrapa a su reina, lo bastante fuerte como para que el espíritu la suelte apenas un momento; si él pudiera conseguir que la liberación se produjera de nuevo...

—¿Dónde está la culpa? —no deja de preguntar la reina.

Sarah la mira con sus ojos enrojecidos muy abiertos, que dejan de arder, pues el espíritu enmascara de nuevo la gloria de la reina.

Al menos él sabe que aún está ahí, fuerte y majestuosa.

No perderá la oportunidad por segunda vez.

—Encuentro en mí misma una hebra de culpa —se oye decir la reina—. Sí, veo que hay una.

Pero luego piensa, siente, se esfuerza, y sabiendo perfectamente lo que es la culpa —una invención humana, una de las más *funestas y egoístas y ofuscadoras—, encuentra otras hebras, hebras que emanan en todas direcciones, pues la culpa se comparte en la misma medida en que se niega.*

—Y, sí —le dice a Sarah—, encuentro una hebra en ti.

Ve que a Sarah le asusta esta frase pero que al mismo tiempo la acepta, una mujer utilizada para cargar con la culpa, ve que la desea en secreto, aunque pueda matarla, porque al menos resulta familiar.

—Pero mucho menos de lo que crees que te ata —dice la reina—. La hebra más grande está en mi interior y, sin embargo, no es ni siquiera la más grande de todas.

Como una nube que se abre, Sarah parece ver por fin, ver realmente.

—¿Eres…? —Sarah se incorpora, la conmoción aquieta sus convulsiones, mitiga incluso el ardor en sus ojos, pues ahora mira a su amiga, la amiga asesinada—. ¿Eres tú de verdad?

Y toma la mano de la reina.

El fauno da un salto.

—No pasa nada —dijo Linus minutos después, abrazado a Adam en la cama, respirando contra la curva de su cuello.

—Es que ni siquiera lo sé —dijo Adam—. De veras que no.

—Wade, seguramente.

—Uf, no quiero oír ese nombre.

—¿Alguna novedad en tu casa?

—Marty embarazó a una chica.

Linus se incorporó de golpe al oírlo.

—¿Perdón? ¿Y cómo no fue lo primero que me dijiste al entrar?

—Wade, ¿recuerdas? Y Angela.

—Bueno, por más extraordinaria que sea la noticia de que Marty ya no es virgen, no creo que sea motivo para que llores. ¿O sí?

—No.

—¿Qué pasa entonces?

Ojalá Adam lo supiera. En el cine y los libros las cosas eran siempre tan claras… Todo el mundo sabía el porqué de las cosas. Pero la vida real era un desastre tremendo. Por ejemplo, hoy. El placer con Linus había sido maravilloso (aunque ahora estaban en un interludio, lo que había entre ellos le había llegado al corazón), y bueno, sí, lo de Wade y lo de que Angela se fuera y la tensión en casa y la tarde que le esperaba ayudando a su padre en la iglesia…

—Es por Enzo, ¿verdad? —dijo Linus, quizá demasiado bajo.

—No —replicó Adam de inmediato. Pero luego lo pensó mejor. Porque, aparte de lo demás, hoy era el día en que Enzo se iba para siempre.

—A mí no me importa —dijo Linus, sonando como si le importara.

—Pues debería. A mí me importa.

Linus bajó la cabeza hasta apoyarla en el pecho de Adam.

—Ojalá supiera cómo le hizo para meterse tan hondo en tu corazón. Ni siquiera es un tipo muy agradable.

—No —dijo Adam—. Bueno, podría serlo, pero no. En conjunto, no lo es.

Linus dio unos golpecitos con el anular justo sobre el corazón de Adam.

—Sin embargo, sigue aquí dentro —dijo.

—No es él, Linus. No lloro por él.

—Un poquito quizá sí.

—Está bien, quizá. Pero de ser así, sólo un poquito —Adam se preguntó si era verdad. Esperaba que lo fuera. Tal vez lo era, sí.

—Entonces ¿de qué se trata?

—Linus…

—¿Es por mí?

—No…

—Sé que él te decía mentiras o cosas que creía ciertas en el momento pero luego dejaba que se volvieran mentira. Yo no he hecho eso, Adam. Y que conste que no soy ningún angelito, pero nunca te he mentido. En lo nuestro, jamás. Ni en lo que siento.

—Ya lo sé.

—¿Es por la diferencia de estatura?

—¡Obvio no!

—¿Es porque yo soy más claramente gay que tú? Porque a veces hay cierta homofobia interior que…

—Nada que ver con eso, Linus.

—O sea, que sí hay algo.

De repente, Adam se sintió como si estuviera cayendo, como si la parte de la cama sobre la que estaba acostado se hubiera abierto y él hubiera caído por el agujero dejando a Linus en el borde, mirándolo desde lo alto, demasiado lejos. Se sentía así todo el tiempo. Como si todo el mundo estuviera fuera de su alcance: Linus, Angela también a veces y, por supuesto, su familia.

—«No me dejes sin haberme amado» —Linus repitió la frase de Adam—. ¿Qué quisiste decir? No que Enzo haya sido el único que te quiso, porque…

—No es eso, no.

—Entonces ¿qué?

Adam respiró hondo. Aquello otra vez. Siempre había algo esperando ser dicho en voz alta.

—Qué diablos. Sé lo que es.

—Dímelo.

—Por qué no me he permitido devolverte tu amor. Como es debido.

Linus frunció el ceño, como si hubiera recibido un pequeño golpe.

—No —dijo Adam—. No me refiero a eso.

—Entonces ¿a qué?

—Linus, yo…

—No puedo quererte más de lo que te quiero, Adam. No sé cómo podría. Siempre espero que sea bastante. Si no lo es…

—Claro que lo es. Soy yo quien tiene el problema.

Linus empezó a separarse.

—Lo sabía —dijo—. Sabía que te enamorarías de él.

—Que no es por Enzo, Linus, te lo juro.

Linus se había incorporado y lo miraba, herido. Sin embargo, esperó.

—Esta mañana —dijo Adam—, Marty me hizo parar mientras estaba corriendo para contarme lo de la chica embarazada y que su nombre significa felicidad o algo así.

—¿Es la rusa?

—Bielorrusa, pero no, es una chica nueva.

—Caramba con Marty.

—Pero luego dijo… Estábamos hablando y me dijo… —Adam hizo una mueca al notar la garganta rígida—. Dijo que lo que yo siento no es amor de verdad, que aunque yo crea que sí, no lo es. Y que estoy engañándome a mí mismo, porque…

—Porque cómo va a ser esto tan verdadero como lo de la chica a la que dejó embarazada sólo cinco minutos después de conocerla —dijo Linus terminando la frase.

Adam lo miró casi con desesperación, con los ojos cada vez más abiertos.

—Dios mío, Linus, le creí. Creí lo que me decía. Y todavía le creo. Una voz dentro de mi cabeza sigue diciéndome que esto no puede ser de verdad.

—¿Por qué? ¿Porque no soy una chica?

—Por eso, y también porque… —no pudo continuar. El aire no le pasaba bien por la garganta y torció el gesto al notar que las lágrimas ahora brotaban con dolor, como si se asfixiara.

Linus apoyó de nuevo la cabeza en el pecho de Adam y le acarició la cara.

—Porque —dijo, terminando otra vez la frase que Adam no conseguía articular— Adam Thorn no se lo merece. Ni ahora ni nunca.

—Lo siento —dijo Adam.

—Pues no lo sientas, porque no es a ti a quien le toca sentirlo.

Linus le besó la nariz, la barbilla, los labios. Adam derramó unas cuantas lágrimas más, pero luego empezó a devolver los besos y algo más. Notaba su propio sabor en la boca de Linus, olía su propio cuerpo en los labios de Linus, y sabía que a éste le ocurría lo mismo. Los besos fueron cada vez más ávidos. Adam notó su propia reacción; notó la reacción de Linus.

Pero fue distinto de la vez anterior. Aquélla había sido muy divertida, con las sonrisas habituales, la complicidad, pero lo de ahora… Esto era intimar realmente.

Adam acarició el cuerpo de Linus, se pegó a él, lo olió, lo tocó, aplicó el oído al pecho para oír su corazón, pero siempre volviendo al beso, siempre el beso. Esta vez no cruzaron palabra, pero Linus estaba ahí, muy presente, palpable, con Adam, husmeando en todos sus recovecos, atrayéndolo más hacia sí como si quisiera que se fundieran en un solo ser, y empujando con suavidad, guiando su miembro dentro de Adam, un acto que no vivieron como una penetración, sino como una combinación.

Y aquí y ahora estaba Linus otra vez. Las someras cicatrices en la espalda de cuando le habían extirpado unos nódulos pulmonares de niño. La escueta franja de vello que descendía entre sus nalgas. El lunar en el frente del muslo derecho. Y aquel olor tan suyo durante el sexo, tan privado y cercano, no a sudor sino a otra cosa, sólo para Adam, cuando alcanzaron el punto de no retorno.

—Estoy a punto de venirme —susurró Linus, casi como si lo preguntara, mirando a Adam a los ojos.

Adam asintió. Linus se puso rígido (Adam notó en la planta del pie cómo el trasero de Linus se tensaba), aguantó un momento la respiración y luego la soltó de una sola bocanada. Sin necesidad de hablarlo, la mano de Linus ya estaba ayudando a Adam. Apenas tardó nada en venirse él también, y pasado ese momento, seguían los dos ahí, jadeando, pegados el uno al otro, sus músculos en progresiva relajación, pero no del todo, no del todo todavía.

—Mi reina —dice el fauno.

Alrededor de ella un brazo prohibido y fatal en su intento de arrancarla físicamente de las garras de este espíritu. Puede notar la separación, motivada una vez más por el contacto con Sarah, que lo observa con los ojos muy abiertos, aunque esos mismos ojos vuelven a arder cuando la reina se separa del espíritu de la chica muerta.

—*¡Te atreves a tocarme!* —*brama la reina*—. *¡Tú…!*

Y entonces calla. El fauno nota una inesperada resistencia. La reina está en pausa.

El espíritu —*que es todavía la reina, que es todavía el espíritu, que es todavía la reina*— *sigue atrapado por la mano de Sarah, quien por un momento abandonó con toda sensatez cualquier intento de entender lo que pasa.*

—*Aguanta* —*dice la reina sin alzar la voz, pero es claramente una orden. El fauno espera. Ella está medio dentro y medio fuera del espíritu, como si se hubiera echado hacia atrás y hubiera visto que tenía al espíritu sentado frente a ella*—. *Aguanta* —*repite.*

Y entonces oyen:

—*Tienes que liberarme* —*dice el espíritu.*

—*Tienes que liberarme* —dice la reina en tándem perfecto, al acecho como uno de sus grandes lucios que aguardan pacientemente el momento de atacar.

—¿A quién le habla, reina mía? —pregunta el fauno.

—¿Katie? —dice Sarah—. Cuánto te he extrañado... Casi no me veo capaz de superar cada nuevo día.

—*Tienes que soltarme* —dice el espíritu, dice la reina.

Sarah baja la vista a la mano que ase el brazo de la chica.

—*No, no me refería a tu mano* —dice el espíritu, dice la reina.

—Mi reina —dice el fauno—, la muerte está a la vuelta de la esquina si no...

—Dije que esperes —repite la reina, sin mirar al fauno.

—*Debes liberarme o nunca podrás ser liberada* —dice el espíritu, dice la reina—. *Tienes que dejarme ir. La culpa no fue tuya.*

Sarah rompe a llorar; no ha apartado la mano aún.

—Debe soltarse ya, mi reina —dice el fauno.

—No, no hay «debe» que valga para una reina —dice la reina, con la mirada fija todavía en el espíritu y en la chica del sofá.

—Se pierde a sí misma, dentro de ella. El espíritu la arrastrará a su muerte. Y a la de todos nosotros.

—El espíritu caza. El espíritu va en pos de su propia liberación —la reina levanta un dedo minúsculo, pero basta para que el fauno la suelte de inmediato. Ella vuelve a sumirse en el espíritu, pero antes le dice al fauno—: Voy a seguirla. Iré adonde ella me guíe.

—Puede costarle caro, mi reina. Puede costarle la vida.

—Así ocurre con los mejores viajes.

Y con estas palabras desaparece, presa una vez más del espíritu de Sarah, ahora libre, a la que deja llorando en el sofá. Sarah se levanta —ya no ve al fauno, es posible que ni siquiera sepa que está allí— y va hacia la puerta, siguiendo a quien ella sabe que está afuera.

Y, una vez más, el fauno no puede hacer otra cosa que borrar los recuerdos de Sarah y seguir a la reina, no sin levantar la vista y preguntarse si ésta será la última vez que vea el sol.

—Y ahora, ¿a la iglesia? —dijo Linus, inclinándose hacia la ventanilla del conductor.

—Sí —respondió Adam, sentado al volante de su coche—. Hay que organizar los servicios de mañana. Los dos ayudantes de mi padre están enfermos, y yo siempre soy el reserva número uno.

Linus metió más la cabeza.

—Sigues oliendo a sexo —dijo.

—Mi padre no se dará cuenta —Adam levantó la vista—. ¿O crees que sí?

—Puedes darte una ducha. Otra.

—Es que ya voy tarde.

—Bien, nos vemos en la fiesta de Enzo, ¿no?

—¿Piensas ir? ¿Después de…?

—Así puedo verte, y hay cerveza gratis. Claro que iré —Linus le dio otro beso—. No lo decía en broma. Ya sé que somos adolescentes. Ya sé que estas cosas pueden o no durar, pero te amo, Adam Thorn. Hoy, en este momento, te amo.

—Y yo a ti —dijo Adam, serio, de corazón.

—Quizá todavía no —repuso Linus, sonriendo—, pero puede que muy pronto sí.

Adam arrancó y dijo adiós con la mano mirando a Linus por el retrovisor; Linus, a quien en ese momento, en efecto, amaba. Hasta el punto de que le doliera separarse de él. Ojalá les durara.

Ojalá se lo mereciera.

Miró el celular al incorporarse a la carretera en dirección a la ciudad. Una llamada perdida de Marty. Ninguna de sus padres. Nada de Angela, pero seguramente no se había dado abasto en el trabajo. Una de Karen, del Evil International Mega-Conglomerate, preguntando si estaba bien. Y…

«Eres una buena persona, Adam. Nunca permitas que nadie te diga lo contrario.»

De Linus.

Dejó el teléfono y siguió conduciendo sin percatarse, hasta que se estacionó frente a la iglesia, de que la rosa roja que había pensado regalar a Linus seguía en el asiento del acompañante.

6

LA CASA EN LA ROCA

—Esos bancos quedarán demasiado separados —dijo Big Brian Thorn—. Tienen que caber quince filas.

—Yo, que soy alto, puedo asegurarte que no están demasiado separados.

—Pero tú no te sentarás aquí. Tú siempre vas arriba, al gallinero. No creas que no me fijo.

—Yo no soy la persona más alta de toda la congregación.

—Estás bastante por encima de la media. Quince filas, Adam.

La sala extra estaba a la izquierda del presbiterio. Era además la zona principal de actividades y durante la semana se usaba como guardería por las mañanas y para reuniones de Alcohólicos Anónimos por las tardes, lo que proporcionaba a la iglesia unas rentas que La Casa en la Roca no quería reconocer que necesitaba. Los sábados, a primera hora de la mañana, acudía un grupo masculino de estudios bíblicos. (Por suerte para Adam, era todavía demasiado joven para que lo obligaran a asistir.) Hoy, después de ese grupo, el coro de adolescentes había estado ensayando el musical que pensaban presentar a los fieles el Día del Trabajo —la falta de oído de Adam era tan marcada que ni siquiera su padre lo animaba a cantar—, y después los dos ayudantes de Big Brian Thorn tenían que haberle echado una mano para organizar el espacio para los servicios dominicales. Pero a uno lo operaban de tiroides y el otro se había caído por la escalera, probable aunque no irrefutablemente, por ebrio. Por eso le había tocado a Adam ayudar. Quince hileras, cada una de cinco largos bancos acolchados, para montar una sala que, como mucho, se llenaría tan sólo una tercera parte.

—¿Cómo es que Marty no nos echa una mano? —preguntó Adam, cargando al hombro su decimoséptimo banco.

—En este momento no quiero hablar de Marty —respondió su padre sin mirarlo.

—Pero ayudar le serviría de penitencia.

Ahora sí lo miró.

—Nosotros no somos católicos, Adam. Lo nuestro no es la penitencia, sino el perdón.

—Pues si ya lo perdonaste, razón de más para que esté aquí ayudando.

—Yo no lo he perdonado —Big Brian Thorn estaba metiendo la carretilla con los himnarios que Adam se ocuparía de distribuir por los bancos—. Dios mío, todavía no lo he perdonado.

Adam no recordaba la última vez que la expresión que su padre tenía ahora se debió a la conducta de su hermano y no a que él, Adam, se hubiera apartado de una senda tan estrecha que era un milagro que un cristiano cualquiera pudiese verla. Suponía una gran novedad, y no pudo evitar preguntarle:

—¿Quieres que lo hablemos?

—No —contestó Big Brian Thorn, y volvió al trabajo.

La sala extra era sólo el principio. Había que comprobar las cámaras que transmitían el sermón a la página web, probar el equipo de sonido —los del coro tenían la manía de no dejarlo ecualizado como se lo habían encontrado— y, dado que estaban en aquel momento del mes, había que limpiar también el jacuzzi de la parte delantera del presbiterio, llenarlo de agua y luego calentarla para los bautizos que se celebrarían al día siguiente. De eso se ocuparía Adam; mientras no estuviera listo no podría ir a ayudar a Angela con las pizzas para la «reunión».

Apenas cruzaron palabra mientras trabajaban, cosa que Adam agradeció casi tanto como agradecía que su padre confiara en él (más o menos) y no estuviera encima suyo todo el rato. Adam no imaginaba hasta qué punto olía a Linus.

—¿Desde cuándo lo sabes? —le preguntó su padre, mirando los dos misales que tenía en la mano pero sin dejarlos en ninguna parte.

A Adam le dio un vuelco el corazón.

—¿Yo? ¿Qué?

—Lo de tu hermano.

Tragó saliva, aliviado.

—Me lo dijo esta mañana, mientras yo corría.

—¿Por qué a ti primero?

Adam se disponía a contestar, pero comprendió que su padre estaba preguntándoselo a sí mismo y no porque le interesara la opinión de su hijo menor.

—A modo de ensayo, supongo —dijo—. Para ver cómo sonaba cuando lo contara en voz alta. Por si yo caía fulminado o eran palabras nada más.

—Eran más que sólo palabras.

—Mírale el lado positivo —dijo Adam—. Vas a ser abuelo.

—Tengo cuarenta y cinco años, y ni una cana siquiera.

—Como Marty siga dando sorpresas, te van a salir.

Su padre dejó los libros sobre un banco.

—Dale importancia a las cosas. Los jóvenes nunca se la dan. Y mira luego lo que pasa.

Adam lo vio alejarse y supuso que se dirigía a su despacho. A fin de cuentas, tenía que escribir un sermón. ¿De qué temas hablarás esta vez?, pensó Adam.

La reina y el espíritu que la tiene atada desean entrar en una prisión.

Esto va a generar complicaciones que el fauno no sabe si podrá abordar debidamente. Echar abajo puertas y muros no será ningún problema, claro, su fuerza equivale a la de cientos de estas frágiles criaturas de ajetreada y confusa existencia. Pero eso atraería más atención; lo verían demasiados ojos, más de los que él podía confiar en controlar, y para un ser que dependía del mito, un exceso de realidad podía resultar fatal.

Pero la reina está más que decidida y se aproxima ya a la prisión siguiendo una calle curvilínea flanqueada por vallas de protección, sólo para vehículos del personal. No tardará en pasar algún coche por ahí.

—Mi señora, te lo ruego —dice el fauno, aunque no está muy seguro de si lo oye o no. Ve cómo el sol va describiendo su curva descendente. Menos mal que es un día de verano, pero la tarde no va a durar para siempre. Llegará el crepúsculo y ese mismo sol se pondrá, y el ocaso traerá consigo una fatalidad cuyo único consuelo es que, si llega lo peor, él ya no estará aquí para ser testigo de su clímax.

Doblando la curva aparece, cómo no, un coche de policía, y pasa tan cerca de ellos que el fauno puede ver la expresión de asombro del hombre sentado al volante cuando se topa primero con una muerta en traje de ahogada y luego, siguiéndola a una distancia prudencial, un fauno de más de dos metros de estatura.

Ya empieza, piensa el fauno, y se adelanta para iniciar la larga batalla que su reina le exige que libre.

La mera presencia sólida del coche es un hecho que la sorprende, aunque no debería. El vehículo frena en seco y derrapa. La portezuela se abre. El hombre empuña ya el arma reglamentaria; su rostro es la viva imagen de la perplejidad.

Una perplejidad hostil.

—¿Se encuentra usted bien, señora? —dice, convencido de que no, de que no se encuentra bien, y puede que él tampoco.

Pero luego…

El asombro al reconocerse. Los dos.

—Oh, esto es cosa del destino —dice ella—. El destino lo provocó.

—Yo la conozco —dice el hombre, con la mano todavía en el arma—. Pero debe de ser su hermana.

—Usted me encontró —dice la reina—. En el lago, ¿se acuerda?

—No deberían estar aquí, ninguno de los dos —dice el hombre—. Y usted, señor, queda arrestado por exhibicionismo y conducta obsc…

—¿«Señor»? —dice ella, pero de un momento para otro el agente está en el suelo, privado de visión, tirado casi delicadamente junto al coche con el motor en marcha. Ella se acerca y se inclina hacia él, sin comprender qué puede haber pasado—. Usted

me encontró —le dice, porque necesita decírselo—. Me sacó del agua. Intentó reanimarme horas después de que eso hubiera podido surtir algún efecto. Sentí sus manos en el pecho. El músculo de mi corazón se contrajo bajo su peso —se inclina sobre la cara del policía, acaricia sus sienes—. Usted arrestó al asesino. Lo trajo a esta prisión —mira camino arriba. No puede verse desde aquí, pero la cárcel está justo al otro lado de la cuesta—. Todo esto tenía que pasar. Aquí obran poderes superiores.

Se incorpora y deja ahí al hombre, más segura que nunca de hacia dónde va.

El fauno, después de haberlo tumbado, borra de la memoria del policía toda presencia de la reina. Sabe que a él, al fauno, no le afectan las balas, pero no está convencido de que a la reina le pase lo mismo en su forma actual.

No hay tiempo para mover el coche, para mover al hombre. Ahí se quedarán, lo que no hará sino aumentar el caos, los problemas.

—Están obrando poderes superiores —dice la reina.

Mientras se apresura a seguirla, el fauno se pregunta si se refiere a sí misma o a él, o si no habrá algo más, algo terrible e implacable que los impulsa a seguir adelante.

Adam había ido a la iglesia sin protestar durante la mayor parte de su vida, hasta que de repente dejó de hacerlo. Luego, volvió. Más adelante dejó de acudir otra vez. Y finalmente fue de nuevo, cuando borró todo el porno que tenía y todas las apps sospechosas en un arrebato virtuoso tras decidir que dedicaría su vida a Jesús en una carta que escribió a mano a sus padres, explicando que le asustaba la deriva que estaba tomando el mundo, que el anticristo probablemente no tardaría en llegar y que se comprometía en cuerpo y alma a Dios y a la iglesia. Hubo lágrimas por parte de todos.

Tenía entonces trece años y, al día siguiente, ya se había arrepentido de ambas cosas, de la carta y de haber borrado todo aquello. Desde entonces había intentado recuperar la memoria caché del porno eliminado, y cada vez que daba más guerra de la cuenta, su madre o su padre sacaban la carta famosa y le preguntaban qué había sido de aquel Adam de corazón tan tierno.

«El hijo pródigo era el más querido», le dijeron en numerosas ocasiones.

Y entonces él pensaba, pero no lo decía: ¿Y Marty?

El boomerang de la fe ciega se detuvo con la aparición de Enzo.

—¿Tú cómo lo entiendes? —le preguntó a Angela—. Esta cosa, este amor, en teoría debería ser prueba de la existencia de Dios, pero ellos aseguran que es justo lo contrario.

—Es que a tus padres no hay quien los entienda —dijo ella.

—Yo lo que creo es que no tengo.

—Mi iglesia es completamente distinta. Acaban de celebrar la boda de las que creo que son las lesbianas más viejas del estado. ¿Te imaginas con ochenta y pico de años y aún tener ganas de probar algo nuevo?

—Justo por esto que cuentas no me dejan salir contigo los domingos.

Angela se encogió de hombros.

—Nosotros tampoco salimos tan a menudo. Además, normalmente es para que mi madre vea a sus amistades.

—Yo antes creía que la vida cotidiana era así en todas las casas, que durante la cena siempre se hablaba del fin del mundo.

—En la mía, sí. Pero en el sentido de que haya un nuevo presidente republicano.

Adam sonrió levemente en la cabina de sonido de la iglesia mientras ponía en su sitio los niveles, ya que, una vez más, el coro juvenil había subido al máximo los graves y los agudos, dejando los medios casi mudos. Con semejante ecualización, si Big Brian Thorn —que era *basso profundo* por temperamento y por aprendizaje— intentaba rugir por el micrófono, no sólo haría estallar los cristales, sino que encima no se le entendería nada.

Adam sacó su teléfono. «Mi padre no está desquiciado por lo de Marty. Dolido, sí, pero no desquiciado.»

«De momento —respondió Angela inmediatamente—. ¿Cómo te fue con Linus?»

«No es asunto tuyo.»

«¿Te lo tiraste?»

«No es asunto tuyo.»

«¿Te lo cogiste bien cogido?»

«NEAT, repito. Me quedan un par de horas. ¿A las 7 en la pizzería?»

«Aquí estaré.»

«Por ahora.»

«No empieces.»

Al cabo de un momento, Adam le envió este mensaje: «Te quiero más que a ninguna otra persona en este planeta, creo. Yo incluido».

Ella le mandó un emoji lacrimoso y le escribió: «¡No me hagas llorar en el trabajo!».

—¿Ya terminaste con esto? —preguntó su padre con gesto ceñudo asomándose a la pequeña cabina de sonido.

La habían construido antes de que Adam naciera, a partir de un lavabo que había junto al «gallinero». Sólo cabía una persona e, incluso así, los codos de Adam chocaban contra las paredes.

—Casi —respondió.

—El «casi» ya habría pasado a la historia si no perdieras tanto tiempo con el teléfono.

—Tengo que ver a Angela cuando termine. Estábamos quedando.

Su padre se calmó. Incluso aunque estuviera del peor de los humores, la diferencia racial de Angela le brindaba la oportunidad de sentirse magnánimo. Y a Big Brian Thorn le gustaba sentirse magnánimo.

—Dile que si quiere puede venir al musical del Día del Trabajo. Aquí siempre es bienvenida.

—Gracias, pero ¿sabes cómo se ponen las pizzerías ese día? Todo el mundo organiza alguna fiesta, la última del verano. Para las pizzerías es como un *black friday*.

Brian Thorn casi sonrió, para sorpresa de su hijo.

—Hoy, mientras venía en coche, vi la cosa más rara del mundo —dijo.

—¿Qué? —preguntó Adam.

—A un hombre disfrazado de macho cabrío.

—¿Cómo?

—Sí, a mí también se me hizo raro. Un buen disfraz, la verdad, casi de película. No una cosa que te pones y listo, sino como si alguien le hubiera pegado pelo con pegamento por todo el cuerpo.

—Pero ¿disfrazarse de macho cabrío…?

—Bueno, en realidad estaba de pie, no en cuatro patas.

—Ah, entonces… ¿sería un fauno, quizás? ¿O cómo se llama eso, un sátiro?

Su padre frunció el entrecejo. Era evidente que el paso del reino animal al reino pagano le disgustaba.

—Puede que estén rodando una película por la zona. Algo tipo HBO.

—Título: *Las sátiras amas de casa de Frome*.

—No quiero ni saber qué gracia se supone que tiene eso.

—Bueno, al menos sabes que era una broma. Vamos prosperando.

Su padre había sonreído (casi) otra vez. Y mientras Big Brian Thorn bajaba a comprobar los micrófonos, Adam pensó que tal vez era así como Marty se sentía por lo general. Su hermano se había vuelto hijo pródigo de un día para otro, lo que convertía a Adam en el hijo más apegado a la familia, aquel en quien hallar un aliado, el que no estaba tan perdido, tan libre, por momentos, del sempiterno Yugo.

Interesante, pensó.

Los gritos empiezan a oírse antes incluso de terminar de subir la colina.

—¡Al suelo!

—¡Las manos donde pueda verlas!

—¿Qué diablos es eso?

—¡Dije AL SUELO!

El fauno levanta las manos —un gesto de fingida rendición que seguramente impide que le disparen— y al momento los tres guardias se desploman, inconscientes. El único recurso que tiene es borrar de sus respectivas memorias toda la jornada. Es una solución descortés, pero la única disponible en el poco tiempo que les queda.

La reina se detiene frente a lo que parece la entrada, que es sorprendentemente discreta para tratarse de un edificio tan seguro. Pone la mano en la manija, pero él, por supuesto, sabe que la puerta no se abrirá sin más: ésta es una cárcel. Se acerca a ayudarla...

La puerta sale volando de su marco, su hoja de metal quedó alabeada como si una mano gigante la hubiera golpeado. El fauno tiene que quitarse de en medio cuando la puerta pasa junto a él, haciendo escándalo mientras cae dando tumbos hasta llegar a la patrulla que detuvieron antes de subir.

—¿Mi señora? —dice el fauno.

No es que la puerta se abra, sino que ella sólo tiene que rozarla con la intención de que desaparezca de su vista y la puerta se esfuma.

Es algo inesperado, sin embargo, le gusta. Tengo poder, piensa, un poder anterior a toda civilización. Se pone a prueba otra vez, agitando los dedos frente a la mujer que ahora se acerca blandiendo un arma de fuego. La mujer se desploma y el peligro queda atrás.

Encendí fuego con las manos, piensa. Atravesé el aire sólo con el pensamiento.

Recuerda estas cosas. Siempre las supo.

Soy dos. Soy el espíritu y el segundo espíritu que me tiene atada. Cada vez estamos más unidos. Estamos fundiéndonos en uno.

—Tú eres la reina —dice una voz a su espalda.

—Sí, yo soy la reina —se limita a responder sin volverse.

Y arranca otra puerta de cuajo.

Nadie miraba el jacuzzi entre bautismo y bautismo, e incluso con la cubierta acolchada puesta, siempre se formaba dentro una capa de polvo, a lo que esta vez se sumaban uno, dos, tres ratones muertos que Adam sacó de ahí con guantes de goma. En una ocasión —misterio nunca resuelto— encontró un estuche abierto de un diafragma anticonceptivo, pero por más que se devanó los sesos, no se le ocurrió nadie de la congregación que hubiera podido dejarlo ahí olvidado.

A él lo habían bautizado también en aquella misma bañera, cuando tenía ocho años. Big Brian Thorn se burlaba de la idea de que la inmersión total estuviera pasada de moda —lo estaba, pero el hecho de burlarse atraía a quienes aún querían ese tipo de bautismo—, y bautizó él mismo a su hijo, pronunciando las oraciones y formulando las preguntas del ritual («¿Aceptas a Jesucristo como tu Señor y Salvador?» «Sí, acepto»), antes de sumergirlo. El niño era tan menudo que los fieles no podían verlo y, tras sumergirlo, su padre lo sacó totalmente del agua y, asomándolo por encima de la puerta de detrás del coro, dijo: «¿Ven todos a mi chico?».

La congregación rio con ganas.

—No se reían de ti —lo consoló su madre aquella noche, cuando Adam ya estaba acostado.

—Sí se reían de mí —lloriqueó él.

—En serio, hijo mío, ¿crees que el mundo gira a tu alrededor? ¿Crees que todas esas personas, amigos de tu padre, vendrían a un lugar de culto para reírse de ti?

Adam sabía que la respuesta adecuada era «no», de modo que sólo dijo «sí» para sus adentros.

Mientras limpiaba ahora la capa de polvo endurecido tras un verano inusualmente cálido, se preguntó cómo lo veían sus padres, qué imagen de él les daba en la vida diaria. Hasta ahora mismo, Marty había sido un hijo tan perfecto —rubio, buen chico, aburrido, sí, pero eso era menos peligroso— que no tenía idea de qué pensaban sus padres cuando aparecía Adam. Él también era rubio y buen chico, no se metía en problemas en la escuela ni había tenido encontronazos con la policía, ni siquiera llegaba casi nunca tarde a casa.

—Pero este chico tiene algo raro —había oído decir a su padre incluso ya unos años antes de que lo bautizaran.

Adam estaba escuchando a escondidas con la cabeza metida entre los barrotes de la escalera y el pelo pegado de haber estado en la cama, excitado por la aventura y al mismo tiempo aterrado de pensar que sus padres pudieran descubrirlo espiando sus conversaciones íntimas.

—Es demasiado pequeño para decir eso de él, ¿no? —había contestado su madre.

Estaban delante de la chimenea, su madre con una novela romántica cristiana y su padre con otra, un vicio secreto que ninguno de los dos estaba dispuesto a confesar. Pero la respuesta de su madre había dejado la pregunta en el aire, no porque pareciera que discrepaba de su marido, sino más bien como si sintiera curiosidad por ver cómo intentaría él convencerla.

—No sé —repuso el padre de Adam—, parece que está en la luna. Perdido en su propio mundo.

—Tú también lo haces. De repente no estás.

—Lydia, ya sabes por qué lo digo. Tiene esa mirada de listo, como si mentalmente estuviera haciendo mil y un cálculos de los que nunca te vas a enterar.

A Adam, que escuchaba desde arriba, le gustó la explicación.

—Como si estuviera juzgándote —terció su madre.

Eso ya no le gustó tanto, porque, aunque sabía perfectamente a qué se refería, el tono daba a entender que no era algo bueno, ni mucho menos.

—Yo no dije «juzgando» —contrarrestó su padre—. Eso no. De que es un chico vivo, no me cabe la menor duda, y eso hay que fomentarlo. Es más bien que… lo miras cuando está en la iglesia y ves que está mirando a los otros niños de su edad, cavilando.

—¿Cavilando?

—Sí. Preguntándose qué debe hacer. Cómo dirigirse a ellos. Cuándo podrá salir de ahí para hablar otra vez con gente adulta.

—Uy, eso de hablar con los adultos sí que le va. El otro día atrapé a Dawn Strondheim contándole que acababa de divorciarse.

—Esa mujer es de cuidado.

—Desde luego. Claro que, conociendo a Adam, puede que él estuviera dándole consejos.

—Mira, no digo que sea una cosa mala, necesariamente. Quizá lo de darse cuenta de todo y tener una inteligencia por encima de su edad sea un don que recibió de Dios.

—No estarás comparándolo con Jesús, ¿verdad? Porque eso sería exagerar un poco.

Lo cual tampoco fue muy del agrado de Adam, a quien le gustaba que lo compararan con Jesús.

—Es algo que a veces me fastidia —continuó su padre—. ¿Tan misteriosos le resultamos que necesita dedicar tanto tiempo a entendernos? ¿Qué tendrá dentro de esa cabecita?

—A Dios en su infinita variedad, cariño. Si no fueran diferentes, la vida sería un aburrimiento. Marty es un chico de muy buena madera. Ojalá Adam fuera un poquito menos distraído, pero también es un buen chico.

—Creo que ya casi terminamos —dijo ahora su padre al entrar, atrapándolo «en la luna», como justo habían estado comentando aquella noche.

—Aún me queda llenar el jacuzzi —dijo Adam—. Y esperar a que se caliente.

—Sí, pero… —su padre miró su reloj, pues tenía la edad de los que aún hacen ese gesto en vez de recurrir al celular— no está mal. Hoy has trabajado como un campeón.

Adam abrió el grifo. El jacuzzi tardaría unos veinte minutos en llenarse. Después habría que echar cloro y calentar el agua, pero su padre tenía razón: habían trabajado rápido.

—Gracias. Me queda tiempo de sobra para ir a buscar a Angela.

Big Brian Thorn se sentó en el banco donde esperaban los que iban a ser bautizados. Aquello ni siquiera era una sala, sino una pequeña zona de almacén que su padre había convertido en pila bautismal, contigua a la salita donde guardaban las túnicas del coro y donde quienes iban a ser bautizados se ponían la indumentaria adecuada.

—Te importa mucho esa chica, ¿verdad?

—Es mi mejor amiga —respondió escuetamente Adam. Había decidido que de momento no diría nada sobre la despedida de Angela. Lo consideraba un dolor demasiado personal para compartirlo con alguien tan alejado de él como su padre.

—No hay muchos chicos que tengan a una chica como mejor amiga —se arriesgó a decir su padre, pero Adam no creyó que estuviera provocándolo. Aunque le extrañara, le pareció que estaba entablando una conversación de verdad.

—Ahora es distinto de cuando eras joven. Hay menos divisiones.

—Eso es verdad —Big Brian se recostó en el respaldo del banco y cruzó los brazos, bajando la vista—. Pensamos que te casarías con ella, ¿sabes?

Adam decidió hacer caso omiso del pretérito.

—Creo que no soy su tipo: demasiado alto.

—Bueno, la gente supera cosas mucho más importantes. Ni te lo imaginas.

—¿Cosas como qué?

—Pues como… cosas. Es asombroso lo que uno puede hacer con la gracia de Dios.

—Papá…

—No me estoy metiendo contigo —no había dejado de mirarse los zapatos. Soltó un suspiro y añadió—: Lo de Marty me… sorprendió.

Adam lo miró con cautela, olvidándose de los dedos que seguían bailando en el agua del jacuzzi.

—A cualquiera lo sorprendería —dijo.

—Supongo que sí —su padre levantó la cabeza. Estaba sonriendo, cosa rara—. Tengo que decírtelo, Adam, y no te lo tomes a mal, pero tu madre y yo siempre pensamos que el que nunca nos daría una sorpresa serías tú. Que sería Marty porque... bueno, porque él es así. Marty el responsable, Marty el que siempre se esfuerza, pero tú... Creo que no nos sorprendería nada de lo que hicieras.

—Dicho así, la verdad, no sé si no puedo tomármelo a mal.

—Adam...

—O sea, que a ustedes no les sorprendería que atracara un banco, por ejemplo. O que asesinara a medio pueblo.

—O que ganaras el Premio Nobel —completó su padre—. O que salvaras a una familia de morir en un incendio. Sólo digo que... Mira, Adam, somos gente predecible. Por eso dependemos de Cristo. Es lo que Él nos prometió, que sea como sea esta vida, algo nos espera más allá si lo amamos y cumplimos su voluntad. Ésa es la gran profecía —juntó las manos, casi como hacía al rezar—. Pero creo que... A veces me pregunto si no nos apoyamos demasiado en ello, si no damos un valor excesivo a lo predecible. Si nos impide valorar lo impredecible.

—Como yo.

La sonrisa de su padre se tensó.

—No estoy metiéndome contigo —insistió—. Lo único que intento, Adam, es...

No terminó la frase. Adam intentó romper de algún modo la incomodidad en que se habían instalado.

—Suenas como un pueblerino. Recuerda que yo sé muy bien que no naciste en Kentucky.

Pero las comisuras de la boca paterna no se movieron.

—Ojalá pudiéramos… —dijo.

—¿Pudiéramos qué? —preguntó Adam, jugueteando todavía con los dedos en el agua como si nada, aunque empezaba a sentir un nudo en el estómago.

Su padre lo miró y luego dijo:

—Ojalá pudiéramos ser sinceros el uno con el otro. Y eso va por todos los miembros de la familia: tu madre, Marty y tú, hijo. Ojalá tú y yo pudiéramos ser sinceros entre nosotros. Ojalá notaras que puedes ser completamente sincero conmigo. Me duele en el alma que me tengas miedo.

Durante un larguísimo instante, se miraron a los ojos, con el murmullo del agua como música de fondo. Adam pensó que ambos estaban esperando a que el otro rompiera el silencio.

Una vez, cuando Adam tenía trece años, lo habían corrido en plena noche de la casa de un amigo donde se había quedado a dormir. El novio de la madre de su amigo lo había puesto de patitas en la calle sin siquiera darle tiempo para telefonear a su casa y preguntarle a su padre si podía ir a buscarlo.

Big Brian Thorn se presentó con las mangas subidas, los ojos desorbitados y un aire de peligro inminente que habría aterrorizado a Adam de no haber tenido la certeza de que la amenaza no iba hacia él.

—¿Te hizo daño? —preguntó su padre.

—No. Sólo quiero volver a casa.

—¿Estás seguro?

—Sí.

Al alejarse de allí en el coche, su padre lo había dejado llorar un rato para que se le quitara el susto, en lugar de intentar cortarle el llanto, como era su costumbre. Si aquel novio borracho le hubiera puesto un solo dedo encima, Adam estaba casi seguro de que su padre le habría dado una paliza literalmente de muerte. Si el sentido de la protección era amor, su padre era un verdadero alud amoroso.

Pero…

Y ése era un «pero» muy grande, ¿verdad?

Los sermones, el miedo y la sospecha respecto a Enzo (de quien, seamos justos, tenían motivos para sospechar), Marty diciéndole lo mucho que hablaban siempre de él…

¿Qué estaba pidiéndole ahora su padre? ¿Qué estaba diciéndole exactamente?

Ay, si las cosas pudieran ser así. Si pudieran sincerarse el uno con el otro. Si Adam no se sintiera paralizado por el miedo…

Pero el miedo estaba ahí, claro.

¿O no?

Big Brian Thorn era autoritario, castigador, caprichoso, nada admirador de los gays o de cualquier cosa alternativa, pero sin duda quería a sus hijos, por muy torpe que fuera su modo de demostrarlo. Y por más que Adam se dijera que no era amor si cualquier modificación podía desvirtuarlo, en cierto modo sí era amor. Un tipo de amor feroz, violento, perplejo. A decir verdad, Adam había sentido celos de lo que Marty tenía con sus padres, al menos de lo que había tenido hasta ese mismo día.

Se dio cuenta de que las palabras salían por su boca antes de saber siquiera qué estaba diciendo:

—Hoy me pasó una cosa en el trabajo.

Había pactos con este mundo, pactos muy antiguos, anteriores a la memoria, pactos con las primeras personas que moraron aquí y que dieron al fauno y a su reina distintas formas en sus sueños y plegarias, formas que cambiaron como cambiaban las personas, formas que devinieron más elásticas todavía, al punto de que muchas veces él no sabe qué aspecto físico tendrá cuando salga del lago hasta que está fuera. Aunque ambas partes eran muy cambiables, en una ocasión habían convenido poner fin a una guerra.

Él, por ejemplo, no ha comido voluntariamente carne de una de estas criaturas desde hace milenios. A cambio, a ellas se les extirpó de la consciencia el impulso de cazar faunos. Reciprocidad.

Todo eso desaparecerá cuando la reina muera. Ella es la piedra angular entre los dos mundos. Si muere, el tratado sólo será la primera cosa que habrá que resolver. A continuación, el universo.

Por eso atrapa él los cuerpos antes de que ella pueda golpearlos con toda su fuerza, los quita de en medio cuando intentan detenerla; sostiene por la garganta a un hombre que intentó cortarle el paso. El hombre respira cuando lo deja atrás; de momento, es cuanto el fauno puede hacer.

Ella no contesta a sus preguntas, aunque él está convencido de que ahora puede oírlo.

—Mi reina —dice, colocándole de nuevo el brazo a una guardia de seguridad (por suerte, está inconsciente) y borrando de sus pensamientos el recuerdo y el dolor—, debemos llevarla a un lugar seguro. Debemos regresar al lago.

Pero ella sigue adelante, implacable y despiadada. El fauno no la ha visto así desde antes de que el mundo cobrara forma, cuando ella tuvo que derrotar a la mismísima oscuridad, que amenazaba con consumirlos a todos.

El mundo vuelve a estar en juego. ¿Saldrá ella vencedora esta vez? Y en caso de que no, ¿le dará a él tiempo de comerse a alguien antes de que el universo se desintegre…?

El hombre al que ella busca está dentro de esta prisión. Nota su presencia.

¿Qué quiere de él? Está insegura, e intuye que esa confusión va haciendo mella en el ente que la tiene atrapada. Pero el impulso que la mueve es puro, no detecta confusión. El impulso es torrencial y ella no puede sino dejarse arrastrar.

Destruye otra puerta interior, más allá de la cual hay un corredor flanqueado de celdas con barrotes. Los barrotes están demasiado juntos como para que los reclusos puedan asomar la cabeza, así que sólo pueden mirarla de soslayo, aunque ella nota la gran curiosidad que despierta a su paso, las ganas de gritar, el deseo, la lascivia…

Pero cuando entra sólo se oye silencio. Los hombres —todos son hombres— parecen haber tomado aire para aguantar la respiración. No se encogen de miedo; está claro que ya nada los asusta, por muy majestuoso, por muy poderoso que sea; hombres que seguirían masticando un momento aunque su propio Dios les pidiera que se levantaran de la mesa mientras cenan.

Sin embargo, tampoco se muestran irrespetuosos. Los dos primeros, a derecha e izquierda, la miran sin titubear, y ella identifica rápidamente esa chispa que mueve a tantas de estas criaturas, la que las obliga a consumir demasiado, a atiborrarse al punto de causarse daño físico, la codicia y la glotonería que les reventaría la piel de poder aguantarlo. En este sitio hay injusticia, sin duda, pero también maldad, maldad pura y dura, ojos que miran a pozos sin fondo.

—Júzgame —dice el que está a su derecha.

—Júzgame —corea el de la izquierda.

—Mi reina —oye ella a su espalda, y levanta una mano para silenciarlo.

—Sí —dice—. Voy a juzgarlos.

—¿Que hizo qué? —dijo Big Brian Thorn.

—No es que me lo propusiera tal cual, a lo bruto —respondió Adam—, pero la idea estaba ahí.

—¿Estás seguro?

—Sí.

—¿Seguro, seguro?

—Bueno, no. A ver, digo que no me lo propuso así tal cual, pero…

—¿Ese individuo se te insinuó sexualmente?

—Es lo que parecía, sí.

Su padre apretó un momento los puños y respiró ruidosamente por la nariz.

—Que Dios me perdone, pero lo que siento ahora mismo son ganas de matarlo.

—A mí también me pasó esa idea por la cabeza.

—¿Y estás seguro, seguro?

—¿Cuántas veces piensas preguntármelo? —el jacuzzi ya estaba lleno. Adam cerró el grifo y accionó los interruptores de la calefacción.

—¿No crees que pudiste malinterpretarlo?

—Él me dijo lo mismo.

—Porque podría ser que no hubiera...

—¡Papá, caray! ¡Vi que lo tenía duro! Se le notaba en el pantalón.

Big Brian se sobresaltó. Lo que acababa de oír iba cargado de sentido, especialmente la expresión «lo tenía duro» en labios de su hijo.

Adam siguió hablando. Le molestó un poco notar que le temblaba ligeramente la voz al recordar lo sucedido, pero aun así continuó:

—Wade estaba... estaba tocándome. Tenía las manos en mis muslos y apretaba un poco más de la cuenta.

Su padre levantó la vista.

—Apretar, aunque sea poco, ya es demasiado.

—Supongo que estaba... no sé, tanteando los límites. Viendo hasta dónde podía llegar sin arriesgarse.

—Pues parece que lo dejaste llegar bastante lejos.

Adam sintió un frío repentino en las entrañas.

—Él no debería haberme tocado, papá.

—No, no, claro que no —se apresuró a rectificar su padre—. Se aprovechó de su posición. Eso es abuso de autoridad.

Adam terminó con el jacuzzi. Estaría listo para las inmersiones de la mañana siguiente, para limpiar almas de creyentes vestidos de blanco que se dejarían sumergir por las manotas del hombre que tenía sentado a unos palmos de distancia. Aquel hombre fuerte que —hasta su hijo se daba cuenta— ahora se esforzaba por decir algo adecuado.

Adam sintió una oleada de afecto hacia su padre, cosa que era cada vez menos frecuente. Un hombre de tamaño imponente —aumentado por su enorme panza de cuarentón—, de barba tupida, los ojos muy azules que sólo Marty había heredado; un hombre que se creía con derecho a conseguir lo que quería pero que, la mayoría de las veces, se quedaba a un paso de lograrlo. Lo de Marty y el embarazo había sido un duro golpe, y para colmo el menor de sus hijos, el problemático, venía a contarle que un hombre quería tener relaciones sexuales con él. Peor aún, nada menos que Wade.

Quizá fuera tan sencillo como que se hallaba ante una persona confundida que intentaba encontrar la mejor manera de querer a su hijo.

—Papá...

—¿Estás seguro de que no le diste pie?

El hombre que Adam había imaginado se esfumó de golpe.

—¿Qué?

Su padre se frotó distraídamente la nariz, pero luego su expresión cambió, como si se dijera que por qué no llegaba hasta el final, ya que había apostado fuerte.

—Mira, Adam... Lo sabemos. Tu madre y yo estamos al corriente.

Adam hizo caso omiso del acelerón que notó en el pulso.

—¿Al corriente de qué?

—No te hagas el tonto. Tenías pornografía en la laptop. Me refiero a pornografía de esa que ya sabes.

Adam no sabía a qué atenerse y decidió centrarse en la invasión de su intimidad, algo que era siempre tan válido como admitir la culpa...

—¿Espiaste en mi laptop? —dijo.

—Y sabemos que... te encariñaste con ese muchacho mexicano.

—Es español.

—Parecía que era cosa pasada, pero tu madre encontró las fotos hace poco…

—¿Mamá?

—Tú estabas llevándolo bien, o esa impresión daba. Quiero decir, tan amigo de Angela y…

—¿Y…?

Su padre lo miró ahora a los ojos.

—¿Sabes lo mucho que rezamos por ti, Adam?, ¿por tu curación?

—Yo no necesito curarme.

—Todos lo necesitamos.

—No necesito esa clase de curación. Ni yo ni nadie. En serio, papá, ¿sabes en qué año vivimos?

—Que los tiempos estén desquiciados no significa que yo tenga que seguir la corriente.

—Además, ¿qué intentas decirme?, ¿que le di pie a Wade?

Big Brian Thorn se sintió visiblemente incómodo.

—Conozco los problemas hormonales de los adolescentes. Puede ocurrirle a cualquiera. Fíjate en Marty.

—Marty ya no es un adolescente.

—Sólo estoy diciendo que, bueno, que si tuviste… si sentiste algo por ese encargado…

—¿Por Wade?

—Entonces él quizá pensó que… que le dejabas la puerta abierta.

Adam pestañeó. Sólo pestañeó. En muchos sentidos, pisaban territorio desconocido. Era la primera vez desde aquélla en Wendy's que su padre o su madre abordaban directamente la cuestión, aunque sin duda lo habían hablado a menudo con Marty. Y si habían encontrado cosas en su laptop —nada del otro mundo, sólo el tipo de chico guapo que Adam prefería al clásico porno profesional— y ni siquiera lo habían mencionado…

¿Tan peligroso lo consideraban?

—¿La puerta abierta, dices? —Adam notó que se encendía—. ¿Se puede saber qué demonios quisiste decir con eso?

Su padre le lanzó una mirada de enojo.

—Haz el favor de no usar ese lenguaje en la casa de Dios.

—En cambio, no pasa nada por acusar a tu hijo de insinuarse a ese encargado hasta el extremo de provocar una agresión sexual.

—No, solamente estoy diciendo que quizá, de un modo inconsciente…

—Tengo diecisiete años, papá. Wade es mi jefe, un jefe grosero con un bigote grosero, y es tan asqueroso que cada vez que estoy cerca de él tengo que ir a lavarme las manos después.

—Pues dejaste que te tocara las piernas con ellas.

Fue como una bofetada. Las palabras de culpa que el propio Adam se había atribuido salieron ahora de labios de su padre.

—O sea, que yo lo provoqué —dijo, con la boca seca de rabia—. ¿Es eso lo que insinúas?

En respuesta, Big Brian se limitó a encogerse de hombros. Pero hasta Adam se dio cuenta de que su mirada traslucía temor. La palabra «peligroso» se le ocurrió justo en ese momento.

Bueno, pues si eso es lo que quieren…

—¿Sabes dónde estuve esta tarde, después de hacer que mi jefe, ese santo varón, me amenazara con despedirme si no me acostaba con él?

—Adam…

—Estuve consolándome en la cama de mi mejor amigo.

Ahora fue Big Brian Thorn quien pareció abofeteado. Pero no sorprendido. No, en absoluto sorprendido.

—Adam, no quiero oír nada de eso.

—Oh, claro. Yo he tenido que oírte decir muchas cosas, así que voy a seguir hablando.

—No, señor. Ah, y olvídate de salir esta noche.

—¿Lo dices por la fiesta?, ¿la fiesta de despedida de ese chico con el que he cogido durante buena parte de los dos últimos años?

—Adam…

—Que tampoco es como debería ser…

—¡A mí no me hables de esa manera! ¡Y menos aquí!

—Pero de hecho es igual, porque a mí me gusta ser el pasivo. Como hoy, por ejemplo, con Linus.

—¿Con… qué? ¿Quién?

—¿Recuerdas que diste un sermón sobre él? Pensándolo bien, no debería sorprenderte tanto. A fin de cuentas esta ciudad no es tan grande…

—¿Estás saliendo con ese… chico?

—Más que eso, diría yo. La cosa va más allá que sólo sexo…

—¡No sigas!

Adam le mostró las manos.

—Mira, todavía se nota su olor. Por eso he intentado mantener las distancias contigo toda la tarde. No he tenido tiempo de bañarme.

Big Brian Thorn cerró los ojos y empezó a rezar en voz alta:

—Oh, Señor, te suplico que ayudes a mi hijo. Guíalo, ya que ha escogido el mal camino…

—Y luego lo hicimos otra vez. Fue incluso mejor que la primera, porque entre los dos se ha creado un nuevo tipo de intimidad que…

—Arrepiéntete de este pecado en el nombre de Nuestro Señor Jesucristo…

Pero Adam no estaba nada arrepentido. Al contrario: se sentía fuerte. Incluso barajó la posibilidad de prender fuego a su casa. Aquella sensación no duraría, lo sabía ya entonces, pero había llegado el momento de ser peligroso y, por una vez, lo sería de verdad.

—Lo tuve adentro de mí, papá, así que no hagas como si se tratara de algo pasajero.

—Rezo para que saques al diablo de este lugar.

—Hicimos bastantes cosas con la boca, además.

—Santo Dios, te lo suplico…

—Lo tiene bastante peludo, ¿sabes? Es curioso, nadie lo diría, porque siempre está muy bien afeitado y tal…

—¡Adam! —gritó su padre, en un tono que Adam sólo le había oído emplear un par de veces.

Se puso tenso al percatarse de que su padre iba a pegarle. Estaba ya en pie, los brazos separados de su cuerpo de toro, una de sus manos enormes lista para darle una bofetada mínimo…

Pero no ocurrió. Adam siempre se preguntaría cuánto esfuerzo interior debió de hacer Big Brian Thorn para reprimirse las ganas de pegarle.

—Que sea la última vez que me hablas así —dijo su padre.

—Eras tú quien me rogaba que fuera sincero. No es culpa mía si no puedes soportarlo.

—Ahora mismo te vas derecho a casa y no saldrás para nada que no sea ir a la iglesia y a una escuela cristiana que ya nos ocuparemos de buscarte.

—Es mi último año de la preparatoria. No pienso cambiar de escuela.

—Tu opinión al respecto no me interesa.

—A mí tampoco la tuya.

—Adam —dijo su padre, en claro tono de advertencia.

—Y cuando salga de aquí pienso ir a ver a Angela. Y acudir con ella a la fiesta. Y no pienso dejar de ver a mi amigo.

—Sí dejarás de verlo.

Fue entonces cuando Adam hizo algo de lo que luego no se acordó. Dio un paso al frente, acercándose a su padre en un gesto de amenaza, una demostración del valor que su rabia le hacía creer que tenía, pero que —estaba convencido— desaparecería de un momento a otro.

Asombrado, su padre retrocedió un paso.

—¿Sabes por qué pienso hacer todas estas cosas? —preguntó Adam—. Porque ellos son mi familia. Me quieren. Son las personas a quienes acudo cuando tengo algún problema. Hace años que no acudo a ti por esa razón, papá. ¿De veras no te has preguntado nunca de quién es la culpa?

—Soy tu padre y…

—Un padre que pone condiciones. Tengo que ser de una determinada manera para ser tu hijo.

—La oración es el camino para…

—No sé, porque me he pasado años rezando para que cambiaras y hasta ahora no ha sucedido nada.

—Adam…

—Iré.

—No irás.

Adam esperó para ver si su padre le cerraba el paso. Si la cosa llegaba a las manos, no habría competencia. Adam era más alto, pero su padre pesaba unos cuarenta y cinco kilos más.

Sin embargo, Big Brian Thorn no se movió de donde estaba.

—¿Me quieres, al menos? —preguntó Adam.

—Más que a mi propia vida —respondió su padre sin dudar.

—Pero no quieres tener absolutamente nada que ver con ese amor. No quieres que ese amor funcione.

—No sabes lo mucho que me esfuerzo por quererte.

Y ése fue el golpe final. Hasta el mismo predicador pareció darse cuenta, porque no impidió a Adam salir de La Casa en la Roca, subir al coche y arrancar camino a la pizzería.

Camino que lo llevaría con su familia.

Los mató a todos y ellos se lo tomaron bien. Vieron a la reina que el fauno ve y ella los juzgó y declaró deficientes, sentencia que aceptaron con tan gran alivio que el fauno casi podía ver cómo les salía por los poros.

Uno a uno van desplomándose en sus respectivas celdas conforme ella pasa. El fauno se apresura a insuflarles vida, a devolverlos a un estado de simple inconsciencia, incluso sabiendo que luego en sueños lo maldecirán por ello.

Eso es lo que hace la reina. Ésa es la razón por la que debe permanecer lejos, oculta a quienes no pueden verla como lo que es. Ésa es la razón de los pactos originales. Pero no servirán de nada si él no consigue sacarla de ahí.

Al fauno no le importará. Será el primero a quien la reina mate. Pero él valora su universo, valora su propia vida, valora la de la reina por encima de todo. No acabarán si él puede impedirlo.

Por eso insufla aire en los pulmones de los muertos, uno a uno, conforme ella va matándolos, uno a uno, en su avance imparable hacia el fondo del corredor.

En la última celda está el hombre al que busca.

Se acerca un final, el fauno lo sabe. Ojalá supiera lo que pasará.

Llega a la celda en cuestión. Se encara con el hombre; la reina y la chica, Katie, se encaran con él, y están intercaladas ahora de tal modo que ninguna de las dos está muy segura de cuál es la que habla.

—Hola, Tony —*dicen*—. *Mi asesino.*

7

LA «REUNIÓN»

—Oh, Adam —dijo Angela mientras colocaba las últimas pizzas en la cinta transportadora para hornearlas.

—Ya.

—Dios mío.

—Que sí, que ya.

—¿Crees que vendrán aquí? Porque saben perfectamente dónde trabajo. El grupo adolescente de tu iglesia suele encargar a Emery pedidos grandes.

El teléfono de Adam era un festival de mensajes sin responder, en su mayoría variaciones de «Vuelve a casa ahora mismo». Pero sólo mensajes. Llamadas, ninguna. Bueno, excepto las docenas que había recibido de Marty, quien, al final, se decidió también por enviar un mensaje: «Dime que estás bien, por favor».

—Creo que están esperándome —dijo Adam—. Se supone que debo volver a casa. Es lo que hace siempre el hijo pródigo.

—Una injusticia como otra cualquiera —dijo Angela—. El hermano bueno no recibe nada por ser bueno. El hermano malo se la pasa increíble y luego con decir una vez «lo siento», todo arreglado.

—Sí, pero el caso es que vuelve a casa. Para siempre. Aunque eso da igual —Adam mantuvo la vista fija en el muy grasiento suelo—. Yo ya estoy en casa.

—Tontito, deja de hablar como en una película de Pixar —dijo ella, pero luego se sentó a su lado como había hecho por la mañana. Adam aún estaba tembloroso—. Vaya día que elegí para decirte que me iba.

—Bah, mejor todo de golpe.

—¿Tú crees?

—No, quizá no.

—¿Sigues queriendo ir a la fiesta?

—De momento no me veo capaz de regresar a casa.

—Podemos ir a la mía, si quieres. Ya sabes que mi madre se pondría de tu lado.

—¿No me mandaría también a mí a Holanda?

—Sería fabuloso.

—Pero es imposible.

Vieron cómo se fundía el queso sobre la masa de las pizzas.

—Bueno, ¿y qué crees que pasará? —preguntó Angela, con gesto serio—. Tarde o temprano tendrás que volver.

—Ya lo sé. ¿Me acompañarás?

—Claro. A tus padres les caigo bien. Seré tu escudo humano.

—Pero después… Quién sabe. Igual me envían a una escuela cristiana.

—Con lo que te asegurarías sexo diario…

—No sé qué más harán.

—Terapia antigay, lo dudo.

—Con que lo intenten, los denuncio por maltrato infantil.

—Hoy estás imparable.

—Ha sido un día complicado. Y ésa es la cosa. No importa que ellos sean como son, yo puedo vivir con ello y dejar que hagan lo que quieran. Pero, a cambio, no pienso aguantar nada más.

—Muy bien dicho —y luego, en voz más baja—: Si fuera posible, sería increíble, ¿verdad?

El teléfono de Adam volvió a vibrar: otro mensaje de Marty: «Ven a casa. Por favor».

—Bueno —dijo Adam—, así se olvidan un poco de que los hicieron abuelos.

—Un día histórico para la familia Thorn —dijo Angela, poniéndole una mano en la espalda—. Ahora en serio, Adam. ¿Estarás a salvo? No te harán daño, ¿verdad?

—Antes creía que me iba a pegar. Bueno, en el fondo esperaba que lo hiciera. Así habría quedado totalmente claro que el malo era él.

—No es que le falte mucho.

—Es que… Mi padre tiene su religión y es importante para él.

—Y cuando la religión se vuelve más importante que sus descendientes, el malo es él.

—Ojalá fuera así de sencillo, Ange.

—Ya —se puso de nuevo frente a él—. Son tus padres, Adam. Se supone que han de quererte por eso, no a pesar de eso.

—Ahora estás hablando como tu madre.

—Mi madre es una persona muy inteligente —Angela se acercó al horno y metió en cajas las dos últimas pizzas—. Si de verdad quieres ir a la fiesta, me cambio y nos vamos.

—Sí quiero ir.

—Me alegro —dijo su amiga, mirándolo.

—¿Qué voy a hacer sin ti, Angela?

—Estar bien —ella se encogió de hombros—. Es una predicción y una exigencia —no pudo disimular una sonrisa—. Además, piensa en todas las cosas que te enseñaré cuando vuelva de Holanda.

—Mi asesino —repite la reina.

El fauno se sitúa detrás de ella. El recluso está apoyado contra la pared del fondo, lo más lejos que puede de la puerta de la celda.

—¿Katie? —dice—. ¡Dios mío!

—¿Sólo ves una cara? —le pregunta la reina.

—¿Cómo puedes ser tú? ¿Qué está pasando aquí?

—Silencio —ordena la reina, y el hombre enmudece de golpe, aunque su boca intenta tragar aire para formar palabras.

Pero luego ella dice: «Habla», y el fauno detecta sorpresa en su voz.

—Esto es… —balbucea el hombre—. Aquí hay algún truco.

—Vine a juzgarte —dice la reina.

Y entonces ella dice, como si se contradijera:

—Vino a hablar contigo.

—Vine a matarte —dice.

—Vine a averiguar el porqué.

El fauno se inquieta aún más. Las dos voces se sobreponen, exigiendo cosas diferentes. ¿Habrán entrado ya en erupción los mundos?

—Mi reina —dice de nuevo.

Pero ella con un gesto lo conmina a callar.

—Tengo que acabar con esto —dice.

—Pero, mi reina, el mundo…

—Tengo que acabar con esto.

Adelanta las manos y dobla los barrotes de la celda como si fueran carrizos del lago. El hombre boquea de terror pero, lógicamente, no tiene adónde huir cuando la reina se planta frente a él.

Adam le pagó a Emery las treinta y seis pizzas. Pese al descuento que le hacían a Angela por trabajar allí, la broma ascendió casi a trescientos dólares.

—Tú no tienes tanto dinero, Adam —dijo Angela cuando él se negó a que compartieran los gastos.

—Dije que yo me encargaba de las pizzas —Adam tomó unas cajas para llevarlas al coche—. Los García me lo devolverán.

—No es seguro.

—Hay que ser optimistas.

—¿Con todo lo que te ha pasado hoy?

—Justo por eso. El día ya no puede empeorar mucho.

—Qué miedo —exclamó Angela, aterrada, mirando alrededor en busca de un trozo de madera auténtica que tocar. Adam llevó las pizzas al coche; iban a ir en el suyo porque era más espacioso detrás. Mientras las colocaba en la cajuela, le sonó otra vez el celular.

Marty.

—Qué pesado —dijo Adam, suspirando—. ¿Sí?

—Oh, por fin. Bendito Dios.

—Con decir «hola» basta, Marty.

—En casa están preocupadísimos.

—¿Y eso?

—Temiendo que hagas alguna tontería.

—¿En serio piensan que nuestra familia merece que me pegue un tiro o algo?

Angela salió en ese momento con una segunda tanda de pizzas, las cajas apiladas casi hasta sus cejas. Adam la ayudó con la mano libre a colocarlas al lado de las otras.

—Adam…

—¿Qué quieres, Marty?

—Ya sabes lo que quieren ellos. Que vuelvas.

—No, no me entendiste. Digo que qué quieres tú, Marty.

Marty se quedó callado un momento. Adam se disponía a colgar cuando su hermano dijo:

—Quiero sentirme a salvo.

—¿Qué? —dijo Adam, tan sorprendido que Angela lo miró al instante.

—Todo está… —empezó a decir Marty—. Parece que todo está viniéndose abajo, ¿no?

—¿Se puede saber de qué demonios hablas?

—¿Pasa algo? —le pregunto ella en voz baja.

—Creo que a Marty se le aflojó un tornillo —respondió Adam, en voz baja también.

—¿Y te extraña? —dijo ella.

—¿Sigues ahí? —preguntó Marty.

—Sí. ¿A qué te refieres con eso de que todo se viene abajo?

—Pues a que papá está llorando y mamá está alteradísima.

—No me sorprende ninguna de las dos cosas.

—Y empezaron a decir que dejarán la iglesia.

Esto sí sorprendió a Adam, aunque sólo un momento.

—Falsas amenazas, Marty —dijo.

—Sí, ya sé.

—Intentan manipularnos a los dos.

—Lo sé, Adam, he vivido con ellos más tiempo que tú. Sólo digo que están pasándola fatal.

—Lo cual no es lo mismo que decir que todo está viniéndose abajo.

—Tú no has visto la cara de papá.

Adam respiró hondo.

—Sí la he visto, Marty. Se la vi cuando insinuó que la culpa de que mi jefe me haya acosado sexualmente era mía. Se la vi cuando intentó sacarme los demonios de dentro. Cuando me enumeró los requisitos necesarios para que él me considere su hijo…

—No puedo creer que te haya dicho eso.

—¿A ti no te dijo algo parecido cuando le contaste lo de Felice?

Marty no respondió.

—Marty, papá me explicó que tiene que hacer grandes esfuerzos para quererme —Adam tomó aire otra vez—. Y no digo que no le falte razón.

—Y una mierda —intervino Angela, ahora en voz más alta.

—¿Está Angela ahí? —preguntó Marty.

—Oye, Marty, tengo que dejarte. No puedo ser responsable de que tú te sientas a salvo. Podría haber sido así, supongo, si a alguien de la familia le hubiera importado eso…

—Es que a mí sí me importa, Adam.

—Si tú pones las condiciones. No con las condiciones de otro.

—No hay más condiciones que las que pone Dios.

—Adiós, Marty.

—¡Adam! —exclamó, con tal fuerza que su hermano se quedó un momento quieto, con el celular pegado a la oreja, esperando a que Marty dijera lo que tuviera que decir. Que resultó ser lo siguiente—: Hermano, yo te quiero.

Adam notó un nudo en la garganta, pero le dio rabia sentirlo.

—¿En serio, hermano?

—Claro.

—Ojalá pudiera creerte, Marty.

—Sé que ellos no.

—¿Cómo?

—Que sé que ellos no. Lo veo con mis propios ojos. ¿Tú crees que estoy ciego y que no me doy cuenta de lo rápido que me perdonan a mí y lo que tardan en perdonarte a ti? Especialmente hoy.

—¿Y por qué tienen que perdonarnos tan a menudo, a ti o a mí?

—Lo que están haciendo no es… no es cristiano. Esa manera de actuar… —Adam oyó pasar un coche al otro extremo de la línea. Su hermano debió de haber salido de la casa para llamarlo para que no lo oyeran sus padres—. Es a lo que me refería antes con lo de que todo se viene abajo. Primero pusieron el grito en el cielo por lo de Felice, pero después de enterarse de lo tuyo, simplemente me… me abrieron los brazos. Una manera de incluirme en su bando. Todos contra ti.

—Marty…

—He dedicado mi vida a esto. No soy perfecto, Adam, ni mucho menos, pero sé que el amor sí puede serlo. Sólo… sólo quiero que sepas que sé que he estado haciendo lo mismo que ellos. Durante mucho tiempo. Te he puesto condiciones. Te he mirado con compasión.

—Ya lo sé. Es como un circo.

—Y no sabes cuánto lo lamento. Ni te lo imaginas, Adam. Pero mi mundo no está a salvo si no puedo querer a mi propio hermano. Es la sensación que tengo hoy, en ese mundo no me veo capaz de vivir. En fin, Adam, te quiero, y cualquier cosa que pueda hacer para solucionar las cosas con mamá y papá…, bueno, cuenta con ello.

Adam no dijo nada.

—¿Estás ahí? —preguntó Marty.

—Sí.

—Mejor no vengas ahora. Deja que hable con ellos. Ve a esa fiesta.

—Es sólo una reunión.

—A ver si puedo hacer algo.

—Marty, no estoy pidiéndote nada.

—No hace falta que lo hagas. Es lo que debería hacer uno por su hermano. Yo debería estar protegiéndote. Con uñas y dientes si es necesario.

—No voy a cambiar. No puedo.

—A partir de hoy, ya no voy a pedirte que cambies, hermano. Mira, ahí está mamá. Imagino que no quieres hablar con ella…

Adam oyó decir de fondo: «¿Es él?».

—No, la verdad —dijo Adam.

—Bueno, cuídate —dijo Marty—. Y recuerda que te quiero. De ahora en adelante lo demostraré mucho más.

Adam se quedó mirando el teléfono después de que Marty colgara, como si hubiera estado hablando con un alienígena.

—¿Qué pasó? —le preguntó Angela.

—No tengo ni idea.

—¿Vas a ir a casa?

—No. De momento, no.

—Uno elige a su familia —Angela solía decirlo a menudo, casi como un mantra—. Y yo te elegí hace siglos, Adam Thorn. Tu familia está aquí.

—Lo sé muy bien —repuso él—. Pero quizá le sobre una persona.

—*¿Cómo es posible que seas tú?* —*pregunta el hombre, que se orinó encima (el fauno percibe el olor) y parece que intenta acurrucarse cuanto puede en un rincón al fondo de la celda para huir de ella*—. *Esto es una pesadilla. Será cosa de los carceleros…*

—*Te haré callar otra vez.*

El hombre cierra voluntariamente la boca, pero aun así el fauno lo oye lloriquear.

—*Vine…* —*empieza a decir la reina, pero se interrumpe.*

El fauno aguarda, y en la espera le da tiempo de situarse frente a ella. Y lo que ve en su cara es confusión, algo tan sorprendente que lo acompañará durante el resto de la breve eternidad que haya de venir.

—*¿Señora?* —*dice.*

—*Vine…* —*empieza ella de nuevo. Mira entonces al hombre y le pregunta*—: *¿A qué vine, Tony?*

—*Viniste a matarme* —*contesta el hombre.*

Los ojos de la reina, menos turbios ahora, enfocan los del hombre.

—*Sí* —*dice*—. *Eso es lo que venía a hacer.*

«*Vine a matarte*», se oye decir a sí misma, y en su voz hay certi-
dumbre, hay una pureza de propósito que en su boca es sumamente ácida, como una bebida a base de florecillas silvestres. Matará
a ese hombre. Lo hará pagar lo que le hizo, los moretones en la
garganta, el fango en los pulmones…

—¿*Tony?* —dice, y vuelve la turbiedad.

Hay un hombre delante de ella, acurrucado de miedo en el
rincón. (Hay alguien más, un hombre demasiado grande para ser
real, y sólo puede verlo si no lo mira directamente.) Pero hay un
hombre delante de ella.

Es Tony.

—*Tú me asesinaste* —le dice, y él por fin se atreve a mirarla.

—*Viniste para arrastrarme hasta el infierno* —dice.

—*Tú me asesinaste* —repite ella.

—*Fue sin querer.*

—*Mentira.*

—*Sólo durante aquel momento* —dice él—. *Un segundo y
nada más.*

—*Con un segundo basta.*

—*No sabes cuánto te he extrañado.*

Ella siente una punzada de rabia, y el camastro que hay a su
derecha empieza a arder. Tony grita y se encoge todavía más.

—*No tienes derecho a extrañarme* —dice ella, notando otra
vez ese poder, el otro poder allí presente, el que le da forma…

Pero no.

Se tranquiliza, sin dejar de mirar al hombre; el otro, el hombre voluminoso al que apenas puede ver, saca de la celda el col-
chón en llamas y apaga el fuego.

—*No tienes ningún derecho.*

—*No.*

—*Ninguno.*

—*Entonces ¿qué quieres de mí?*

La pregunta la hace pensar. Y descubre que sabe la respuesta.

Adam salió del estacionamiento y se dirigió hacia el lago, donde iba a ser la fiesta. El sol pendía aún sobre el horizonte, en lento descenso para ocultarse más allá de un estrecho, una península y el mar que se adivinaba al fondo.

—¿Para quién es la rosa? —dijo Angela, levantándola del suelo.

—La compré esta mañana —respondió Adam—. Qué sé yo. Me dio algo —se volvió y la miró—. ¿Sabes qué? Primero pensaba que era una especie de detalle de despedida para Enzo, luego se me ocurrió que era para Linus, pero creo que la rosa debería ser para ti. Justo hoy, ya que también es tu despedida.

Angela suavizó la expresión. Adelantó el labio inferior, que le tembló un poco, y luego dijo con dulzura:

—¿Es que tengo pinta de chica a la que le gustan las flores?

Adam soltó una carcajada mientras ella dejaba la rosa en el asiento trasero.

—Tú sí eres de esa clase de chicas —le dijo Angela.

—Emplear la palabra «chica» como insulto no es propio de ti.

—Me lo reapropio.

—Ya ves.

Estuvieron un rato callados.

—No te esfumarás, ¿eh? —dijo Angela después de un rato.

—¿Cómo?

—Cuando esté en Róterdam. La gente siempre dice «estamos en contacto», pero luego aparecen otros amigos y pasa lo que pasa.

—Miércoles y sábados, Skype. Fijo.

Ella asintió con gesto grave.

—Suponiendo que tus padres te permitan algún tipo de conexión con el mundo en su sentido amplio.

—Iré a tu casa y se lo pediré a tu madre.

Angela asintió de nuevo.

—No perderemos contacto, Ange.

—Después viene la universidad —dijo ella—. Quizá lo habríamos perdido de todos modos.

—De eso nos ocuparemos después. Paso a paso.

—Una actitud muy madura, señor Thorn.

—Uno de los dos tiene que serlo, señorita Darlington —al oír sirenas, Adam miró por el retrovisor. Se arrimó al acotamiento para dejar pasar a siete patrullas que, a simple vista, parecían ir a ciento ochenta por hora—. No veas. ¿A qué viene tanto lío?

Al llegar al cruce, las siete patrullas tomaron la dirección de la cárcel, esto es, en sentido contrario al lago. Adam pensó que seguramente no se enterarían de qué había pasado. Frome había cubierto su cupo anual de grandes noticias con el asesinato de Katherine van Leuwen.

Torció, pues, hacia el lago y los senderos por los que solía correr, camino de la bonita cabaña que los García habían alquilado para la fiesta de su hijo Enzo.

—Ya empieza a dolerme el estómago —dijo Adam.

—Cuánto me alegro de que se vaya a Atlanta —dijo Angela con un suspiro.

—No puedo evitarlo. No puedo evitar extrañarlo.

—Todo el mundo dice lo mismo, ¿sabes?, pero dudo que sea verdad. Quizá si te esfuerzas mucho…

—No puedo evitar extrañarte a ti.

—Eso es diferente. Yo soy maravillosa.

Adam se detuvo junto a la cabaña. No eran los primeros. Había ya como media docena de coches, incluido el de…

—Ahí está Linus —dijo Angela, señalando con la cabeza.

Linus ya tenía en la mano una cerveza en un vaso de plástico y los miraba. Adam se estacionó y, cuando se disponían a ir hacia él, alguien gritó:

—¡Eh, las pizzas por aquí!

Era Enzo, que se acercaba sonriente. Adam sintió que se le partía el corazón, un pedazo, otro pedazo…

Están dentro, en una habitación, un pasillo sin ventanas de ninguna clase, pero el fauno sabe que el sol no tardará en ponerse. El tiempo se acaba. Y cuando eso ocurra, el Tiempo acabará. Esa idea le ha rondado por la cabeza desde la mañana, cuando siguió a la reina al salir ésta del lago, pero sólo ahora, cuando ya es inminente, empezó a sentir verdadero miedo.

No lo conseguirán.

Ella se acerca al hombre y lo mira de arriba abajo. Alarga un brazo para tocarlo, pero antes de que sus dedos lo alcancen, él se aparta bruscamente y su cabeza choca con la pared metálica de la celda. Ella nota cómo le crece un chichón, y con un chasquear de dedos se lo cura casi sin pensarlo.

—¿Estoy muerto? —pregunta el hombre.

—Qué más quisieras —dice la reina, y esa frase coloquial le da a entender al fauno que es el otro espíritu quien lleva ahora la voz cantante, el espíritu que no puede oírlo a él, el que no es consciente del peligro.

Ella le toca el codo al hombre, la parte de su anatomía que tiene más cerca. Arde tan deprisa que el fauno nota olor a quemado. Despierta en él un ansia ancestral, el tabú de la carne: al fauno le da hambre.

El hombre grita y queda abatido en el suelo de la celda. La reina se acerca a él.

Y en ese momento, el fauno se da cuenta de que duda.

—*¿Por qué tienes tanto miedo?* —*le pregunta ella al hombre, sumamente desconcertada. Ese hombre es Tony. Tony, que la conoce. Tony, que la asesinó. Tony debería estar asustado, en efecto, pero esa actitud tan cobarde, tan abyecta…*

—*Viniste a matarme* —*lloriquea Tony.*

—*¿Cómo voy a matarte si ya crees estar muerto?* —*dice ella*—. *¿Siempre has sido tan tonto?*

—*Sí* —*responde Tony casi al instante.*

Helo aquí. El poder de la palabra. El poder de una palabra. A partir de ese momento, todo cambia.

—Hola, Adam —dijo Enzo, dándole un abrazo.

Fue un instante apenas, pero Adam le devolvió el abrazo e inspiró el aroma del cabello de Enzo, negro y ondulado y tan espeso que casi parecía de otro planeta comparado con el rubio pelo de Adam, que se acercaba a la calvicie.

Luego, Enzo se apartó. Quizá por última vez. Y si en algún momento Adam casi había asimilado esta posibilidad, el «casi» era tan grande como una catedral gótica.

—Me alegro de que hayas venido —dijo Enzo—. ¡Hola, Angela!

—Ah, sí —dijo Angela, descargando las pizzas.

—Supongo que ya es demasiado tarde para salvar esa amistad —dijo Enzo, sonriendo un poco y mirando ahora a Adam a los ojos—, pero me alegro de que estés aquí.

—Claro, Enzo —respondió Adam, pensando: te amo, te amo.

Y, de pronto, un pensamiento rebelde: ¿y si creía que lo amaba sólo porque era lo que Enzo esperaba?

—Te ves bien. Es como si no te hubiera visto en todo el verano —dijo Enzo.

—Es que no me has visto.

Enzo puso cara de sorpresa.

—¿De veras?

—Nunca coincidimos.

Enzo torció el gesto.

—Bueno, pensé que estabas saliendo con Linus.

—Lo que no significa que tú y yo no habríamos podido salir.

Enzo lo miró, tratando de adivinar qué había querido decir. Adam no habría podido contestarle; él tampoco lo sabía. Pero allí estaba Enzo; su cara, que había tenido tan cerca; su cuerpo, que conocía tan bien; su tacto, su olor y su sabor. Allí estaba la boca que había insinuado tantas cosas maravillosas sin decir claramente más que unas pocas. Allí estaba la boca que le había partido el corazón.

Quizá resulta que el corazón nunca acaba de romperse, una vez roto, pensó Adam. Quizá sigue latiendo hasta que te lo rompen otra vez, y aun así continúa con su latir. El suyo, el de Adam, se partió nada más ver a Enzo, nada más sentir el anhelo de tocarlo otra vez a pesar de lo que le había hecho.

Pero latir, latía. Y además se preguntaba qué papel desempeñaba en aquello Linus, porque ese mismo corazón había palpitado de alegría al ver a Linus.

—Bueno —dijo Enzo, por romper un silencio que empezaba a resultar demasiado incómodo.

—Te extrañaré —dijo Adam, muy en serio—. Angela también se va. Estará todo el año que viene fuera.

—¿Ah, sí? —dijo Enzo, que parecía verdaderamente preocupado.

—No pasa nada. Estaremos en contacto.

—Tú y yo también.

—Pues claro, Enzo.

Adam reflexionó un instante: algo no cuadraba. Luego se dio cuenta de que había algo inquietante en el mero físico de Enzo.

Y es que le pareció un poco más bajo de como lo recordaba. Más corpulento que Linus, sí, pero más bajo. Sin venir a cuento, recordó la noche de la primera discusión que tuvieron. Siempre que le contaba a alguien lo que pasó, solía decir que no se acordaba de por qué discutían, pero no era cierto: era porque Enzo se puso celoso. Sí, Enzo. Había visto a Adam reírse con uno del equipo de campo traviesa y, sin nada en lo que basarse, lo acusó de acostarse con otros.

La discusión duró poco —no había ninguna prueba y Enzo se disculpó—, pero lo que Adam no había olvidado de aquella noche era lo grande que le pareció Enzo. No desde el punto de vista físico (Adam era más alto que casi cualquier persona), pero aquel primer enojo, sumado a la sorpresa de que fuera él quien estuviera celoso de Adam y no al revés, había sido apabullante.

El enojo le pareció entonces tan desmesurado que, por un momento, tuvo la sensación de que todo su futuro dependía de cómo concluyera aquello. Hasta que hicieron las paces, y aunque él no fuera culpable de nada, sintió que su vida se tambaleaba. ¿Y si perdía a Enzo? Perderlo sería el fin del mundo. El fin de toda esperanza. Y que Enzo pareciera sentir lo mismo —¿qué otra cosa subyacía a su ataque de celos?—, bueno, eso le dio una dimensión cada vez mayor. Se volvió tan grande que Adam tuvo la impresión de que ocupaba todo el espacio y lo dejaba sin oxígeno que respirar.

Pero todo eso había quedado atrás, ¿no?

Y aquí estaba ahora. Enzo. Uno más de los muchísimos seres humanos más bajos que Adam.

¿Cuándo había sucedido ese cambio?

—Bueno —repitió Enzo.

Adam lo miró, pero el otro ya no se dignó a devolverle la mirada; era evidente que quería pasar página.

—¿Sabes qué? —empezó a decir Adam.

No pudo continuar porque de repente pasaron dos cosas y la situación cambió por completo.

La primera fue que una chica alta de pelo rubio rosáceo se acercó desde las mesas donde Angela, Linus y otros, entre ellos JD McLaren del vivero de plantas y Renee y Karen, las compañeras de trabajo de Adam, estaban dando cuenta de las pizzas. Adam no reconoció a la chica, pero ella pasó un brazo por los hombros de Enzo, éste volvió la cabeza y se besaron. Sí, se besaron ahí mismo, delante de Adam.

—Hola —saludó la chica, muy simpática—. Me llamo Natasha. Nat, si prefieres.

Adam meneó la cabeza.

—Yo Adam —dijo.

—¿Tú eres Adam? —dijo Nat, con una amplia sonrisa—. Enzo no para de hablar de ti.

Adam lo miró, pero Enzo apartó la vista.

—Fuimos buenos amigos en la preparatoria, eso es todo —dijo éste.

Todavía estupefacto, Adam preguntó:

—¿Dónde se conocieron?

—Trabajé este verano en la oficina de su madre —dijo Nat—. Aunque dudo mucho que a sus padres les haga gracia, porque no soy muy latina.

—No eres nada latina —dijo Enzo.

—Oye, mi familia vino a bordo del *Mayflower*, o sea, que a estas alturas puedo ser cualquier cosa —sonrió de nuevo a Adam, cómoda con el silencio. Su rostro se animó—. Las pizzas las trajiste tú, ¿verdad?

—Pues sí.

—Qué detalle.

—Gracias.

—Por cierto… —dijo Enzo, sacando su cartera.

Y ésa fue la segunda cosa. Fue mucho menor que el hecho de que de repente Enzo tuviera novia; mucho más pequeña que la prueba fehaciente de que Enzo había hecho su jugada (desde luego, mucho más pequeña que la ominosa posibilidad de que Adam hubiera hecho su jugada también), pero en ese momento fue cuando de verdad todo cambió. Un momento extraño y fugaz que Adam jamás olvidaría. El poder de un acto en concreto.

—¿Ciento cincuenta bastarán? —le preguntó Enzo, tendiéndole unos billetes.

Adam se quedó mirándolos y su ya roto corazón se partió de una manera distinta, un partirse que sorprendente y terroríficamente le abría multitud de puertas.

—Déjalo —se oyó decir a sí mismo—. Regalo de despedida.

Enzo sonrió con asombro.

—Gracias, Adam.

—Bueno —no se le ocurrió otra cosa que decir.

—¿Te traigo una cerveza? —dijo Nat.

—No, gracias —respondió Adam—. Voy yo.

Dio media vuelta y caminó hacia el grupo de gente, ahora más numeroso, que había acudido para despedirse de Enzo. Y puesto que él ya se había despedido, todo su interés se centró en localizar a Linus, confiando en medio de un pánico creciente en no haberlo echado todo a perder.

—Siempre fui igual de idiota —dice Tony, que sigue llorando aún—. Una estupidez detrás de otra.

—¿Y qué quieres?, ¿que sienta pena?

—¡No! —casi aúlla—. ¡Lo digo porque me lo merezco!

—¿Qué?

Tony la mira con una mezcla de miedo y (cosa que sorprende al fauno) cierto alivio. Nota en la expresión de la reina que ella también lo ve.

Lo ve y le desagrada.

—¿Crees que se trata de eso? —le dice ella—. ¿Que es una liberación?

—¿No? —pregunta él.

—Vine para decirte lo que sé. Si eso te libera, entonces lo consideraré un fracaso.

Le toca de nuevo la piel y, aunque el chisporroteo de la quemadura no dura más que una fracción de segundo, él se desploma. No es más que una chinche, comprende ella ahora. Un bicho al que aplastar con el pie.

No.

No, piensa ella también. No, es más que eso. Se lo explicaré.

—Te lo explicaré —dice—. ¿Estás escuchando?

Él levanta la vista, herido y escarmentado ahora.

—Sí —dice.

Ella le explica.

—Cuando al final me soltaste, yo aún estaba viva —la oye decir el fauno—. Estaba viva cuando tus dedos me dejaron moretones en la garganta.

La expresión de miedo del hombre ha variado. Es el miedo de despertar de un sueño y descubrir que la vigilia es aún peor.

—No —dice Tony.

—Estaba viva cuando lloraste. Estaba viva cuando levantaste mi cuerpo del suelo. Y estaba viva cuando buscaste unos ladrillos para lo que tú ya sabes…

—No. Nonononono…

—Estaba viva cuando me metiste en el lago, Tony —se arrodilla junto a él—. Todavía estaba viva.

—No puede ser… Lo comprobé.

—Pues no miraste bien. Estabas demasiado pasado, demasiado drogado…

—¡Y tú también! —le grita él, con una sorprendente expresión retadora, mezclada con el pánico.

Sin darse tiempo para reflexionar, ella le arranca la cabeza.

El fauno no puede remediarlo, no mientras la reina sostenga la cabeza del hombre en sus manos. Aunque tal vez sea eso lo que el espíritu que la tiene atrapada necesita. Esa venganza explícita, ese acto violento, parece el contrapeso perfecto para el acto que la privó del espíritu que anidaba en su cuerpo...

Sólo que...

Sólo que no es eso lo que el fauno nota en el espíritu. El espíritu de ella busca y pregunta, extraviado. No, eso no es cosa del espíritu.

Es cosa de la reina.

Y entonces ella, o la reina, o el híbrido en que se han convertido, esa cambiante y voluble personalidad que el fauno debe desentrañar como sea, esa voz dice:

—No.

—¿Y Linus? —le preguntó a Angela.

—Fue al baño —respondió ella, extrañamente cortante.

—¿Tan mal está?

—Lo ignoraste en cuanto Enzo abrió la boca. No fue una gran idea, Pequeño Saltamontes.

—Mierda —dijo Adam—. Y eso que... Angela, creo que por fin terminé con Enzo.

—¿Ahora? Un poquito tarde, ¿no te parece?

—Esa chica era su novia.

Angela escupió medio trago de cerveza al polvoriento suelo.

—¿Su qué?

—Sí, muy bien.

—Hablo en serio, ¿su qué?

—Quizá sea bi o ambiguo. Tú lo eres.

Angela lo miró como queriendo decir que compararla con Enzo era una empresa en la que sólo un necio se animaría a embarcarse. Echó un vistazo alrededor hasta que localizó a Nat en medio del creciente gentío.

—Dios mío —exclamó—. Si se parece a ti…

—¿Qué? Oye, no, ella… —pero luego Adam dijo—: Ah, gracias.

—Seguramente es el piropo más raro que te dirán en la vida.

—Pero, Angela, lo importante no es eso. Lo importante es que Enzo se ofreció a pagarme las pizzas. Y, encima, ni siquiera una cantidad cercana a la real.

Angela alzó las cejas, confundida.

—No entiendo nada.

—Te lo explicaré, pero antes déjame encontrar a Linus.

—Sí, más te vale.

—No te muevas, por favor.

Angela le pellizcó un brazo con suavidad.

—Ni siquiera con todo el océano de por medio y en otro continente.

—Ni siquiera así —concedió él.

—Ni siquiera en el fin del mundo.

Adam fue en busca de Linus, pero no había dado aún con él cuando Karen y Renee salieron a su encuentro.

—¿Qué pasó contigo y con Wade? —preguntó Karen—. Saliste corriendo de allí como si hubiera intentado besarte.

Lo decía en broma, pero al ver que Adam no contestaba, Renee dijo:

—Y no lo intentó.

—Sí. Pero cuando le dije que no me acostaría con él, me despidió —Adam pestañeó extrañado. ¿Había ocurrido realmente así? Tal vez. Sí, quizás era eso.

—No puede despedirte así por las buenas —dijo Renee, claramente preocupada.

—Claro que no —fue lo que dijo Karen.

—Nosotras te apoyamos —la declaración de Renee sorprendió mucho a Adam, que siempre había considerado a su compañera Karen la más decidida de las dos.

—Por supuesto —dijo Karen—. ¿Cómo se atreve, el imbécil?

—¿Piensas ir a ver a Mitchell? —preguntó Renee.

Mitchell era director regional, con el que Adam nunca había hablado.

—Si ni siquiera he cruzado una palabra con él —dijo.

—Va a nuestra iglesia —le informó Karen—. Es buena persona. Deberías ir a verlo y explicárselo.

—Nosotras te apoyaremos —volvió a decir Renee.

—Pero ustedes no han visto nada.

—Por favor —dijo Karen—, con la de cosas que ha dicho Wade mientras estamos trabajando… Y esas miradas que te lanza…

—Y siempre poniéndote la mano encima —añadió Renee en voz baja.

—¿Se han dado cuenta? —dijo Adam, sinceramente asombrado.

—Imposible no hacerlo —dijo Karen—. Siempre pensábamos que debías de necesitar mucho el trabajo para aguantar el manoseo.

Adam sintió un pequeño nudo en el estómago.

—La verdad es que sí lo necesito —dijo.

—Pues lo recuperarás —le aseguró Renee—. Yo no pienso seguir trabajando allí si está Wade pero tú no.

—Esta historia no ha terminado —dijo Karen—. De ninguna manera.

—Vaya, yo… —dijo Adam—. Se los agradezco muchísimo.

—De nada —dijo Renee, sonriendo con su timidez habitual.

—Oigan, ¿han visto a Linus?

—Creo que iba hacia el lago —respondió Karen—. ¿Por qué?

Adam la miró fijamente antes de responder:

—Porque tengo que darle una rosa.

—No —dice, y la reprimenda no es para el fauno, como tampoco para el muerto, cuya cabeza sostiene todavía y cuya sangre está extendiéndose por el suelo de la celda, como un arroyo que se desborda—. No —repite.

De repente, el hombre está entero otra vez, encogido de miedo en el rincón, y la sangre corre por sus venas, aunque el olor perdura, un olor que continúa excitando el hambre feroz del fauno. Hace tanto tiempo…

Y entonces comprende. Esos deseos, esa hambre ancestral, son debidos a que su reina está escapándosele de las manos.

—No —dice, mientras el hombre la mira de nuevo con una expresión en la que el susto no ha remitido. Ella le permitió conservar la memoria de la decapitación, recordar el dolor, la sensación de haber sido desgajado. Normalmente eso lo trastornaría sin remedio, pero ella no lo permite. El hombre recordará. Lo recordará siempre.

Con eso basta.

Una parte de ella considera que la decapitación era justa y necesaria, pero otra parte, la mayor, la que la trajo hasta aquí, sabe que su muerte sólo sería una venganza de primeriza. Lo entendió en cuanto él dijo que sí. El momento en que todo cambió radicalmente.

Hubo que forzar las cosas para asimilar lo absurdo de todo ello.

—Eres tan pequeño… —le dice ella—. Tan… infantil.

Él vuelve a mirarla, estupefacto, perplejo ante lo que pueda hacerle ahora. Cosa que tampoco ella sabe.

—Vine para hablarte del asesinato —dice—, y después matarte, pero… —se aparta del hombre—. Es que eres tan pequeño…

El fauno no sabe quién es la que habla ahora. Duda que ella lo sepa.

—Hay algo más —dice ella, percibiéndolo mientras lo expresa con palabras—. Tú me querías.

—Sí —dice el hombre.

—Pero querías más a las drogas.

—Como todo el mundo.

Ella asiente ante la cruda realidad.

—Yo una vez te quise.

—Sí, lo sé —dice él.

—Y aunque quería más a las drogas, no te habría hecho lo que me hiciste.

—Soy más débil que tú.

—Cierto. Todo el mundo lo es. ¿Sabes qué supone eso?

—*No* —*contesta el hombre.*

—*Y por ello este mundo se regocija.*

Se vuelve hacia el fauno, lo mira fijamente.

—*Me perdí* —*dice.*

Adam encontró a Linus en un pequeño montículo con vista al lago, pasado un recodo del camino por donde había corrido aquella misma mañana, aunque le pareciera que había pasado un siglo. Con una cerveza en la mano, Linus estaba contemplando la puesta de sol.

—Hola —dijo en tono aparentemente alegre cuando vio a Adam que subía—. ¿Eso es para mí?

Adam llevaba la rosa. Había ido a buscarla al coche.

—¿Me la aceptas?

Linus lo miró y sin malicia alguna, sencillamente, dijo:

—No.

—Linus.

—Lo intenté contigo, Adam. Hice lo que pude.

—Linus, ya sé que…

—No, me parece que no sabes nada. Eres un tipo bastante difícil, por si no te habías enterado.

Adam sintió otra vez el nudo en el estómago.

—¿A qué viene esto?

Linus extendió las manos y frotó ligeramente la cabeza de Adam, salpicándole un poco la camisa con la cerveza.

—Todo lo que tienes ahí dentro… —dijo—. Como si el mundo se te cayera encima y tú siempre intentaras sostenerlo en pie —dio un trago y continuó, ahora más calmado—: No me extraña que sólo te fijes en los hombres que te tratan mal.

Adam tragó saliva e hizo girar la rosa entre sus dedos repetidas veces.

—Las pizzas —dijo—. Esas pizzas iban a ser un último regalo para Enzo antes de que se mudara a Atlanta. No es que él lo expresara así, pero es lo que ambos teníamos en mente.

—Sí, ya lo entiendo. Mira, Adam…

—Intentó pagármelas.

Linus dudó un momento; estaba claro que no sabía a qué venía eso.

—Así es como me ve él —dijo Adam—. Tuve esperanzas durante un año y medio entero, ¿entiendes?, y luego va él y me da con la puerta en las narices. Por los motivos más idiotas del mundo. Y yo, bueno, supongo que seguí confiando, aunque sabía que era lo peor que podía hacer. Y eso a pesar de que tenía delante de mí cosas mucho mejores —añadió, mirando a Linus—. Él fue mi primera vía de escape. La primera salida a algo que parece ser más rápido que yo. La primera ventana a un mundo posible, un mundo que deseo desesperadamente. Y reconozco que Enzo me tenía atrapado.

—Eso saltaba a la vista, Adam. Y no lo digo sólo por mí.

—Pero intentó pagarme las pizzas. Ni siquiera me deja ser generoso, que es lo que en el fondo yo estaba deseando, o eso me parece. No es que él lo tuviera todo pensado, no. Simplemente no había ningún… vínculo entre los dos —volvió a girar la rosa entre sus manos—. No sé qué signifiqué para Enzo, pero ahora sólo soy alguien que una vez le hizo un favor, y él necesitaba devolvérmelo.

—Tiene que haberte dolido —dijo Linus.

—¿Qué importa eso? ¿Qué importa? Me hizo volver en mí. Es que… ¿sabes lo poco que me valoro, Linus? ¿Sabes lo mal que creo que me salen las cosas? Mis padres, el trabajo, Angela, que ahora se va…

—Pero todo eso es verdad, hasta cierto punto —dijo Linus, con dulzura—. No finjas que las cosas…

—Sí, pero no son las únicas cosas que son verdaderas. Hay mucho más —Adam no dejaba de girar la rosa—. ¿Seguro que no me la aceptas?

—Creo que está demasiado sobrecargada de sentido. Me parece que es una gran responsabilidad para una sola rosa.

—Es probable.

—Oye, Adam. Yo sé lo que quiero. No todo, pero casi. Te quiero a ti, pero no a cualquier precio. Quiero pasar mi último año de prepa con amigos, y que tú seas uno de ellos, y tenerte acostado en mi cama y desnudo en mi regadera y quiero que riamos juntos y que estés realmente allí. Tú, entero. No un setenta por ciento, mientras el resto sigue preguntándose si el tal Enzo volverá alguna vez después de esconderse tan al fondo del clóset que parece que estuviera buscando la Narnia de los heteros —esto hizo reír un poco a Adam, pero Linus continuó en tono serio—: ¿Tú sabes lo que quieres? Bueno, ya sé, quieres una salida, pero salidas hay muchas. ¿Quieres ésa y ninguna más?

Linus esperaba una respuesta mientras Adam giraba y giraba la rosa, una rosa que ahora parecía destinada a no ser regalada a nadie, la rosa que había comprado obedeciendo a un impulso después de pincharse el dedo. Volvió a clavar una espina en la herida antigua del pulgar, sólo por sentir el dolor un instante…

… *y por segunda vez vio todo un mundo, fugaz como un jadeo, de árboles y verdor, de agua y montes, de una figura que lo seguía en segundo plano, oscura, un mundo de errores cometidos, de pérdida, de pesar, de un lento y definitivo final…*

Adam pestañeó llevándose el pulgar a los labios, como había hecho al principio de aquel día interminable y crucial. Ahora que la jornada llegaba a su fin, no quedaba más que el sabor metálico de la sangre.

Y supo lo que debía decir.

—Quiero que volvamos juntos a la fiesta, Linus —habló en voz baja, como si estuviera pidiendo permiso y le aterrara no obtenerlo—. Quiero besarte delante de todo el mundo. Quiero que todos lo sepan.

Alzar la vista para mirar a Linus a la cara fue la cosa que más miedo le había dado en todo el día, pero la esperanza siempre iba acompañada del terror de la caída libre.

—Deseo quererte —añadió—. Si me dejas.

—No sé cómo dejarla ir —dice la reina, hablando directamente al fauno, lo cual viene a demostrar también la aterradora disminución de su poder. No sólo por reconocer su ignorancia, sino porque ello lleva implícito solicitar ayuda a un súbdito de la corte.

—¿Y ella sabe cómo dejarla ir a usted, mi señora? —pregunta él, intentando mantener la calma—. Fue su espíritu el que primero atrapó el suyo.

—No —dice la reina, como si confesara algo que le avergüenza—. Yo la vi. Sentí curiosidad. Hubo una pérdida, una pregunta sin respuesta. Y ahora...

—Las ataduras del mundo están aflojándose, señora. Tenemos hasta que se ponga el sol. Es el tiempo máximo que se concede a un espíritu errante. Ya lo sabes. Ella morirá, y si tú mueres con ella...

—Estamos demasiado entrelazadas —ahora hay un dejo de temor en su voz, lo que afecta al fauno mucho más que cualquiera de los otros cataclismos que el día ha traído consigo—. No sé dónde termina ella y empiezo yo.

—Se acabará el tiempo, mi reina. Este mundo...

—Los muros de este mundo se desintegrarán, y con ellos el propio mundo.

—Y también el nuestro.

Ella lo mira ahora, y su regia expresión le da a él esperanzas, pero en su mirada hay una resignación que contradice lo anterior…

… y hay un momento en que parece esfumarse, volverse tan insustancial como una bocanada de aire, y entonces ve su casa otra vez, no solamente el lago, sino todo este universo, todas las almas que laten en su interior, todos los anhelos y la soledad, el espíritu aferrado a ella, los espíritus que surgen de ése y los espíritus que surgen a su vez de éstos y así sucesivamente, sucesivamente, este mundo que vibra de vida, una vida que se consume a sí misma sin cesar para regenerarse de nuevo, este mundo del que ella ha sido reina desde antes de que nadie salvo ella tuviera memoria; lo ve todo, el pasado y el porvenir, todas las almas vivas y las que podrían llegar a ser, las que ella mató, las que salvó también, y ésta, esta alma en concreto, este espíritu atado a ella y que depende de ella y que vive con y en ella, este espíritu que ha indultado a su propio asesino, este espíritu que dijo no a la cadena de destrucción en la que estas criaturas se embarcan tan a menudo; y al final se ve a sí misma, a ella completa, en una solitaria gota de sangre, una solitaria gota de sangre en un día en que varios destinos cambiaron, una gota de sangre que fue el comienzo de todo…

… ella sabe qué hacer. Es la única opción que le queda.

—Volvamos a casa —dice, convencida de que es lo correcto—. Demos la bienvenida allí al final que se avecina.

—Mi reina, yo…

—Soy tu reina —concede ella—. Y ése es mi deseo.

Queda tan poco tiempo que, por un momento vertiginoso, el fauno considera la posibilidad de discutir con ella y exigirle que se esfuerce más e intente ver lo que está en juego…

—¿Me das la mano? —pide ella.

Una proposición que jamás le había hecho al fauno en todas las eternidades en que él ha estado a su servicio.

Eso sí es el fin.

—Cómo no, mi señora. Regresemos a nuestro mundo y demos la bienvenida allí al final.

Le toma la mano.

8

LIBRE

—¿Y qué va a pasar? —preguntó Angela, mientras se mojaban los pies en el lago al final de un pequeño embarcadero al que la fiesta había acabado trasladándose.

—Ésa siempre es la pregunta del millón —dijo Linus, sentado al otro lado de Adam.

Pequeños peces daban brincos en el agua, que, incluso a finales de agosto, estaba helada. En Frome muy poca gente practicaba la natación al aire libre.

—¿A qué te refieres? —dijo Adam. Aún sujetaba la rosa, como la había sujetado al besar a Linus delante de todos los presentes, y también cuando la fiesta empezó a dar vueltas y el mundo no se vino abajo. Ni siquiera había intentado llamar la atención de Enzo, cosa que le pareció lo mejor.

—Empecemos por tus padres —dijo Angela—. Ya sabes que si la cosa se pone muy fea, puedes alojarte en mi casa. Eso es un hecho.

—Lo sé —dijo Adam—. Quizá lo haga. Ya veremos. Cabe la posibilidad de que Marty cumpla su palabra y me apoye.

—Puede que se haya dado cuenta de lo que supone ser el hijo pródigo —dijo Linus.

—Pero tú siempre tendrás un sitio adonde ir —repitió Angela—. Lo digo en serio.

—Ya lo sé. Muchas gracias.

—¿Y el resto? —preguntó Linus.

—Veamos —dijo Adam—. Dentro de unas horas tendré que volver a casa y enfrentar ese problema. Dentro de unos días tengo que volver al trabajo, suponiendo que no esté despedido. Y dentro de una semana Angela se va a Europa. Tampoco es que sea la peor agenda del mundo, ¿verdad?

—¿Y ahora mismo? —dijo Linus, señalando hacia el sol, que estaba poniéndose frente a ellos en el horizonte—. Dentro de unos minutos será de noche.

—Y se acabará este día —dijo Adam.

—¿El comienzo de algo nuevo? —dijo Angela, con cierto escepticismo—. ¿Es que soy la única que no vive en una canción del club de Mickey Mouse?

—A veces, Ange —repuso Adam—, hay que disfrutar de lo que uno tiene a la mano —sacó los pies del agua y se levantó—. ¿Quieren algo? ¿Pizza fría? ¿Más cerveza?

—Creo que agua —dijo Angela.

—También —añadió Linus.

—Vaya trío —dijo Adam—. Y eso que somos adolescentes fiesteros.

—Yo creo que somos bastante típicos —Angela señaló con la cabeza hacia el grueso de la fiesta.

Adam miró hacia ahí. Había grupitos de gente hablando, una extraña sensación de alivio colectivo porque la fiesta se desarrollara sin incidentes, sin que nadie hiciera un espectáculo, o al menos no de manera desagradable. Vio que Renee y Karen estaban charlando y riendo tranquilamente con JD McLaren.

De hecho, Enzo era el único que había bebido demasiado. Estaba medio hecho polvo, sentado junto a Nat mientras ella, tratando de distraerse de lo que pasaba, reía con las que Adam supuso que eran amigas suyas.

—Oye —dijo Linus, mirando también—, ¿soy el único que piensa que la nueva chica de Enzo es…?

—Sí —dijo Angela—. Es un poco repulsiva, ¿no?

Linus se encogió de hombros y dijo:

—Quizás es que él no sabe hacia dónde tirar. Quizá deberíamos tenerle lástima.

—O quizás es un embustero y un cobarde —dijo Angela.

—No tengo ni idea —dijo Adam—. Y la verdad es que me da igual.

Caminó por el embarcadero para llevarles agua.

—¿Vas a volver? —le gritó Angela.

Adam se detuvo, volvió la cabeza y sonrió.

—Yo, siempre —dijo—. Hasta el fin del mundo.

El fauno la conduce hacia el agua. La mano de ella tiene un tacto cálido y suave, parece de humano, no la de su reina, aunque también lo es. No hay duda de ello, pues se nota el poder que emana aun entrelazada como está con el espíritu.

Llegan a la orilla. Ella duda.

—Aquí abandoné el lago —dice.

—Lo sé, mi reina.

—Aquí es donde empiezo a morir.

—Sólo una parte de usted.

Ella lo mira a los ojos.

—Aquí es donde ahora voy a morir.

El fauno no sabe qué responder. Ella no le ha soltado la mano.

—*El espíritu desea abandonarme. Ella no sabe cómo. Yo no sé cómo liberarla. Estamos atadas.*

Lo mira, ve al que ha sido su servidor desde tiempo inmemorial. Su mirada va más allá de los ojos, de la forma del fauno, hasta la forma-espíritu que siempre la ha atendido.

—*Has venido siguiéndome* —dice—. *Has estado a mi lado incluso cuando no podía verte.*

—*Así es, mi reina.*

—*Me seguías cuando no era tu reina.*

—*Mi reina siempre estaba ahí. Yo la seguía, puesto que es mi deber. Y mi voluntad.*

—*Tu voluntad.*

—*Sí, mi reina.*

Ella observa la mano que todavía sostiene la suya.

—*Me buscaste cuando estaba perdida.*

—*Una reina nunca se pierde. Una reina siempre está donde lo necesita.*

Ella alza la vista y el fauno vislumbra la sonrisa traviesa que toda reina tiene reservada, la sonrisa que es el umbral a su yo privado, el que cumple el papel de reina.

Al notar una presión en la mano, el fauno advierte con asombro que está jalándolo, sumando al delito de contacto otro de una proximidad de la que ningún espíritu está autorizado a disfrutar.

—*¿No es una lástima que debamos esperar a que el mundo se acabe para que caigan todas las fronteras?* —pregunta ella.

—*Mi reina* —dice el fauno, pues el deseo de que ella lo abrace es tan abrumador que casi lo aniquila. Perecerá en el abrazo, pero el goce será algo que jamás...

—*Ah, hola* —dice una voz—. *No sabía que hubiera nadie por estos caminos.*

Se vuelven. Es una criatura humana, de tamaño hombre, observa el fauno, aunque quizá no sea del todo hombre todavía. Casi. Sí, por muy poco.

La reina ya no parece la reina. Parece otra vez la chica que surgió del lago, aquella a la que metieron en el agua aún viva, la que en plena confusión logró aferrarse a la reina... para condenación del mundo entero.

El chico frunce el ceño.

—*¿Los conozco?* —*pregunta.*

Y entonces el espíritu, que no la reina, alarga los brazos y le pregunta sencillamente al chico:

—*¿Cómo puedo soltarme?*

El chico está pasmado. Sus ojos se mueven brevemente hacia el fauno, lo acepta sin más, de una ojeada, mientras el sol besa por primera vez el horizonte. Es el principio del fin. Comienza el fin pero...

—*Ésa es la pregunta clave, ¿verdad?* —*dice el chico*—. *Para todos por igual.*

—*Para todos* —*concede el espíritu.*

El chico respira hondo antes de continuar.

—*Hoy ha sido un día en que pude soltarme de muchas cosas. Como si todo lo que me ataba se hubiera desatado de un momento a otro.*

—*Y yo igual* —*dice el espíritu*—. *Hoy es el día en que mi destino cambió.*

—*Igual que el mío.*

—*Lo sé* —*dice el espíritu*—. *Lo oí venir. Seguí el anhelo de que ocurriera.*

Mira la rosa que sujeta el chico, y cómo éste va pinchándose distraídamente el pulgar con una de las espinas. El fauno siente que la reina mueve el pulgar de manera idéntica. El chico vuelve a mirarla.

—Me parece que sé quién eres —dice.

—¿Cómo puedo soltarme? —se limita a preguntar otra vez el espíritu.

—No lo sé —responde el chico—, pero creo que esto es para ti. Le tiende la rosa.

Y el espíritu se separa de la reina para cogerla.

Al final, es así de sencillo.

—Oh —exclama el espíritu, con risa sorprendida—. Sí. Ya soy libre...

Sus palabras y la risa que las acompaña los envuelven como una brisa suave, haciendo bailar los pétalos de una rosa, girando en espiral hasta desvanecerse por completo mientras el espíritu realiza su tránsito final, dejando a su paso apenas una fragancia de finales de verano, como si el mundo hubiera soltado un suspiro, un suspiro de alivio, de renovación, y siguiera girando.

—Vaya —dice el chico—, qué cosa más rara.

Mira por última vez hacia donde está el fauno y dirige de nuevo la vista al sol, hundido ahora hasta la mitad.

—Ya soy libre —dice en voz baja—. ¿Y ahora, qué?

Pero luego sonríe. Da media vuelta, mete las manos en los bolsillos y deja allí al fauno, en la orilla. El fauno experimenta una enorme libertad cuando su forma física se disipa y de este modo regresa, espíritu puro, a un mundo salvado, liberado. La nota a ella cerca, nota la calidez de su dicha por ser libre y la siempre sorprendente calidez de su mirada. El abrazo lo espera. Quién *sabe, puede que no lo aniquile. Quizá la libertad llegue antes de que el mundo mismo se extinga.*

Lo averiguará. Pase lo que pase después, lo averiguará. Su espíritu va hacia el de ella, dispuesto a todo, dispuesto a seguirla a donde ella desee.

—Mi reina —dice, pues no es otra que ella.

Notas y agradecimientos

El nombre de Angela Darlington surgió de una subasta a fin de recaudar dinero para Diversity Role Models, una organización benéfica que aborda la homofobia en los centros de enseñanza y de la que soy patrocinador. En <www.diversityrolemodels.org> encontrarán información sobre el increíble trabajo que realizan. Doy las gracias a la verdadera Angela Darlington, y me apresuro a añadir que las semejanzas con ella no pasan de su nombre. Esto es una obra de ficción. Mi padre, por ejemplo, no sale en estas páginas.

Gracias a mi agente y amiga Michelle Kass y a mis editoras Denise Johnstone-Burt en Walker Books y Rosemany Brosnan en HarperCollins, por nunca poner mala cara a mi zigzagueante secuencia de entrega de originales.

El espíritu de *La señora Dalloway*, de Virginia Woolf, y de *Forever*, de Judy Blume, permea *Libre*. Sólo puedo animarlos a leer ambos libros para comprobar hasta qué punto los he decepcionado.

Libre de Patrick Ness
se terminó de imprimir en noviembre de 2017
en los talleres de
Impresora Tauro S.A. de C.V.
Av. Plutarco Elías Calles 396, col. Los Reyes,
Ciudad de México